中公文庫

カレー記念日

中央公論新社 編

JN148045

中央公論新社

❖目次

◇家庭の味、私のこだわり。

◇あの日、あの場所で。

◇ライスも、パンも、カツも。

イラスト　currykko
本文デザイン　山影麻奈

カレー記念日

家庭の味、
私のこだわり。

REGISTERED TRADE MARK
S&B
Spicy Curry Powder
特製エスビーカレー
PREPARED BY
S&B SHOKUHIN CO.,LTD

抗いがたきカレーの香

東　直子

他の物を食べようと思っていたのに、その香りを嗅いだとたん、決意がたちまち揺らぎ、それを食べずにいられなくなるような抗いがたい力が、カレーにはある。

日本のどこかで、今日も誰かが必ず食べているであろうカレーライス。家庭の食卓で、レストランで、喫茶店で、給食で、社員食堂で、はたまたキャンプ場で……。あれは、ほんとうに、なんという浸透力。もはや日本のトラディショナルな食事として「和食」の一つに加えてもよいのではないかと思う。

なぜかカレーが嫌いで仕方がない、という人に出会ったことがない。インド料理がヨーロッパの文化と融合し、さらに日本で「洋食」として発達したカレーライスの味わいは、あらゆる食文化の味覚がとけ込んでいて、どんな人の好みにもヒットするようにできているのではないだろうか。

固形のカレールウが、カレーを家庭料理に定着させた立役者だと思う。このごろは趣向をこらしたネーミングで様々な物が出まわっているが、わたしが子どものころはもっぱら、西城秀樹が「♪りんごとはちみつとろーりとけてる」と歌うところの「ハウスバーモントカレー」だった。黄色っぽくあまめの、「家庭の味」の起源のような。わたしの家では、今はもう少しからい味の物を使っているが、かくし味として、野菜ジュースをコップ一杯ほど入れている。こうすると、コクが二割増しになること請け合いである。

具の野菜も、定番のにんじん、玉ねぎ、じゃがいもの他に、なすやピーマンなど、その時どきの旬の野菜を加えることがある。竹の子をいちょう切りにして加えると、食感がおもしろい。

お皿に盛りつけたあと、わたしはしょう油を少しかける。大阪にいたころ覚えた方法で、しょう油の効き具合をテストするように、あまりかきまわさないでそっと食すのである。そういえば、お疲れ気味のサラリーマンは、カレーに生卵を落として食べていたっけ。

誰もが食べているカレーは、家庭の数だけ味がある。隣はどんな香りを煮つめていることか。


叔母さんが若かったとき食べました二階の部屋で黄金《きん》のカレーを

○抗いがたきカレーの香　『千年ごはん』中公文庫

東直子（ひがし・なおこ）
一九六三年、広島県生まれ。歌人、作家。「草かんむりの訪問者」で歌壇賞、小説『いとの森の家』で坪田譲治賞を受賞。そのほかの著作に短篇集『とりつくしま』『フランネルの紐』、エッセイ集『レモン石鹼泡立てる』など。

一さじのカレーから

若竹千佐子

　人生六十三年も生きていると、私はいったい何食のカレーを食べたんだろう。酸《す》いも甘いもかみ分けてなんて、いっぱしの苦労人ぶりたいけれど、全然そんなことはなくて私は人生の大半を家庭の主婦として生きてきた。それなりのおいしいカレーの作り方、廉価《れんか》で時短で片付けも簡単なんてやつをまぁ知っているつもりではいる。そこら辺のレシピやらうんちくを語ろうと思えばそりゃ、主婦歴云年《うんねん》の私だもの、と一応はったりを利《き》かせることだってできる。

　だけど、カレー、カレーカレーと三度口の中でこの言葉を転がせば、私の心はもう一直線、昭和三十年代のなつかしい我が家の風景につながるのだ。

あの頃、私の家族は祖父母、両親、兄姉私の三人兄妹、それに嫁ぐ前の叔母がいた。ご飯はサザエさんちのあれと同じ、飯台《はんだい》で食べていた。時分どきになれば部屋の隅に立てかけてあった飯台をころころ回して場所に移動、しかる後脚を出して平らに直しまず拭く。みんなが集まって家族八人車座になってご飯を食べた。その日がカレーなんてときはまだかまだかなんて思いながら待っていて、白いお皿に載ったカレーを姉の皿のと一瞬見比べてから食べるのだ。それにしても、どうしてあんなにも食べ物の多寡《たか》で争ったのか、ちなみに我が家では到来物の羊羹《ようかん》などは物差しが登場してきっちり平等に分けていた。切り分けるのはいつも姉の役目、ところがそのとき父はいつも笑った。その笑いの意味が分かったときの私のしてやられた感。何と姉は包丁を斜めにして羊羹を台形のように切っていた。飯台のまわりをぐるぐるに追いかけてなんとかして姉の三つ編みを引っ張ってやろうと思ったものだ。

カレーは今のと違ってずいぶん黄色っぽかった気がする。あの頃カレーのルーはあったのかどうか、母はカレー粉を入れて最後に水で溶いた小麦粉（うどん粉といった）でとろみをつけていたはず。肉なんてほんのちょっぴり。出汁《だし》を取るために入れていたようなものだった。今思えばものすごく素朴なカレー。それでもおいしいと思った。

さじで食べる（スプーンなんて言わなかった、あくまでも大さじ）あの雰囲気が良かったのかもしれない。コップの水かな。何しろ洋風の食事にあこがれがあった。

その頃の我が家の食卓と言えば、せいぜい焼き魚におひたしに味噌汁《みそしる》、漬物、そうそう山菜料理が出ただろうか、晴れの日はこれは決まって餅《もち》ぶるまい、とにかく何か祝い事があると、あんこ餅胡桃《くるみ》餅ゴマ餅とこれでもかと、甘いお餅、それにお煮しめ、が出てくるのが私の郷里の伝統食なのだった。それと全く別種の表面に油がキラキラ浮いている食べ物はそれだけで異質、匂いから何からちょっとよそ行きという気分があった。

大げさに言えばカレーは日本人の食卓を洋風に変えたトップバッターではなかったか。カレーとそれにコロッケの役割は大きいと思う。

あの当時、三十代後半の母は婦人会の活動に熱心で生活改善なんかに取り組んでいたからコロッケだの、ポテトサラダだのスパゲッティだの盛んに作ってくれた。祖母はそれをおそらく快く思わず、スパゲッティをすっぱげと呼んでいたっけ。今でもパスタ料理を見ると、あ、すっぱげと頭の中で変換し、そしてのち寂しかった祖母の後頭部を思い出してくすんとするのは私の秘密だ。母が作ってくれた洋風の食べ物の中で今でも時折食べたいなと思うのはバタークリームケーキ。オーブンのない時代にどうやってスポンジを作ったのか、遠い記憶を紐解《ひもと》いてみると厚い鍋の蓋《ふた》を逆さまにしてフライパン代わりにして極弱火にして作ったのだと思う。嚙《か》み応《ごた》えのあるスポンジに手動の泡だて器で練りに練った白いバタークリーム、ところどころにちゃんと食紅で色をつけたバラの花の形のクリームを置いてわきに葉っぱの代わりにアンジェリカを添えて、仕上げにアラザンを振るったケーキは見た目もなかなかのものだった。歯ごたえのあったケーキ、あれはあれでおいしくて、今でも姉ともう一度あれ食べたいよねとよく話をする。今では想像もつかないけれどあの頃、バナナはまだ貴重品で風邪《かぜ》を引いたときに輪切りにしたのをほんの少し食べさせてもらえる程度。今でも覚えているのは病院の娘のA子ちゃんが運動会の日にもって来たバナナの匂いにみんなうっとり、あげくゴミ箱に捨てたバナナの皮をとりかこんでスーハー匂いを嗅いだのだからあきれる。思えばなんて純情素朴な子どもたちだったのだろう、飾るということを知らなかったのだ。

小学校四、五年の頃には学校給食も始まって、あれから急速に洋風の食べ物が増えた気がする。その頃にはさじなんて言わなくなって、そうそう先割れスプーンで何でも食べるようになった。カレーシチューというメニューもあってごはんにかけるカレーよりずっととろみの緩いものだった。それにパンなんて最初は合わないなんて思ったけれど、スープに浸して食べるパンだっておいしいんだと分かった。あの頃給食の人気は絶大で風邪で休んでもお昼はしっかり学校に来て給食を食べて帰る子がいた。それを何ら不思議にも思わず、食べたらまたうちに帰って寝てるんだぞなんて先生が言って、思えばのどかな時代だった。

私の学校は東北の田舎町にあったけれど、鉱山があったから一年に二、三人は同学年の転校生がいた。遠く九州から来た子や、東京から来た子もいて、僕だの私だの耳慣れない言葉が泥んこになって遊ぶうち、自然におめ、おらに変わっていくのがおかしかった。

今でも忘れられないのが、九州からの転校生が国語の時間、たしか『ごん狐』を読んでいたとき、全く違ったイントネーションで昼に雪が降るのはおかしいといった。はぁ、おめ、ばがでねが、雪でばいづだって降るのよと口の悪い我々地元の子ども。違う、絶対昼に雪が降るなんておかしいと、目にいっぱい涙をためてその子が言いつのって収拾が付かなくなった。そのときまっぱり一言、冬になればわ・が・る、と力を込めて言ったのはクラスでも人望の厚かったT、その子は先年亡くなってしまったけれど。涙をためた九州君の方は雪が降る頃にはペラペラの東北弁になっていた。何年かしてまた転校して行ったけれどあの子は今頃どうしているだろう。ふと思うときがある。

一さじのカレーからとりとめのない話になったけれど、そういえばもうずいぶんカレーを作っていない。二日目のカレーがおいしいのは知っているけれど、今娘と二人きりの食卓では二日目どころか三日も四日も食べることになりかねない。カレーを食べたいときはついレトルトに手を伸ばしてしまう。レトルトには当然ながらあの高揚感はない。むしろ手っ取り早く済ましてしまいたいときのお手軽なものにカレーは成り下がってしまった。

仕方がない、家族の形が変わってしまったのだもの。

時代は変遷して、いつの間にやら核家族が主流になり、今はまた独り暮らしが増えているのだとか。私だって娘が嫁に行けば独り居のばあさんということになってしまう。早晩そういう日が来るのだろう。

おいしいものは独りで食べてもおいしいんだとうそぶいたところで、かつてのにぎやかな食卓を知っている者には何か暗たんとした気持ちがすることも事実だ。けれどもそう悲観してばかりもいられまい。

私にしたっていつも一人や二人の寂しい食卓にいるばかりではない。大勢の仲間たちと共同でご飯を作ったりおかずを持ち寄ったりしてにぎやかなご飯を食べるときもある。もう家族に拘《こだわ》らなくてもいいのだ。昨日の常識は今日の常識とは限らない。独りのときも大勢のときもどちらも私のありかたということなのだろう。

実はもうすぐ初孫が生まれる。その子は何事もなければ普通に西暦二一〇〇年という年を迎えることになるのだ。孫が生きる時代に俄然興味がわく。誰とどんな食卓を囲むのだろう。人と人のつながりがどう変化するのか、今現在の家族はどうなっていくのか、疑似家族だの拡大家族だの、あるいはそういう関係性からすっぱり自由になることだの、人はどうやって幸せになろうとするのか興味が尽きない。

そうそう二十二世紀の食卓にカレーはどう登場するのだろう。遠い日を思う。

○一さじのカレーから　『小説BOC9』（二〇一八年四月刊）中央公論新社

若竹千佐子（わかたけ・ちさこ）

一九五四年、岩手県生まれ。作家。『おらおらでひとりいぐも』で文藝賞を受賞しデビュー。同作で芥川賞を受賞。そのほかの著作に『かっかどるどるどぅ』、エッセイ集『台所で考えた』がある。

カレーは家庭のドラマである

嵐山光三郎

家庭でつくるカレーは料理のドラマであって、ちょっとした事件なのである。私が少年のころは、母はカレー粉をメリケン粉とあわせてバターで炒った。カレー粉を炒る香りがプーンと台所にたちこめると、胸はコーフンにうちふるえ、足はガクガクと揺れ、目はウツロに宙をにらみ、頭の中はマッキイロになった。「早く食べたい！」という思いで、母の割烹着を手でつまんで待っていた。子どもにとってカレーは黄金の草原であった。夕暮れどき、よその家の台所からカレーの匂いが漂ってくると、その家の子となってカレーを食べたいと思った。

カレーは人さらいの味がする。食べる者をひきずりこんでしまう黄金の沼といった妖しさもある。

中学生のころ、私はカレー風呂を発案した。これは、自宅の風呂にカレー粉をひとつまみ加えるのである。すると湯上りに、ほのかにカレーの香りが膚《はだ》によりそい、カレー人間の気分になる。近所の同級生が寄ってきて、いい匂いだというので、腕んとこをちょっとなめさせてやった。

大人になって、ほうぼうのカレー料理店の味を知るようになると、自分流のをつくりたくなる。私はかつて九段下にあった『アジャンタ』のカレーが好きだったので、『アジャンタ』で売っているカレーパウダーを買って、自分でつくった。そのうちインド人の友人ができ、インド流の本格的つくり方を覚えた。ロンドンへ行ってロンドン流のカレーも覚えた。ニューヨークへ行ったときは、安西水丸氏が行きつけのカレー店へ案内してくれて、これもうまかった。そのうち、フランス流カレーも覚え、つまりカレーはすでに世界料理であることに気がついて、「東京カレー・チャンピオンシップ」という一時間のテレビ番組を企画した。もう十年以上前のことである。これは、東京の一流レストランのシェフにカレー一品をつくって貰い、味を競う。フランス料理店シェフはフォアグラ入りのクリーミーなカレーをつくった。イタリア料理店シェフは、イタリアタマネギ（小さいやつ）を使った鴨のカレーをつくった。ロシア料理店は牛スネ肉をたっぷりと煮こんだカレー、和食料亭はジャガイモ、ニンジン入りの日本流カレー、インド料理店は定番のマトンカレー、中国料理店は豚バラ肉のカレーといったものであった。

結果は、中国料理店のカレーが一位であった。スープの旨みが一段と濃いのである。中国料理店では、カレーは店のメニューにはないが、店員たちはしょっちゅう食べている。店員たちが食べるのだから一番うまい、とあとで気がついた。カレーの旨みは、一にも二にも基本スープにある。

自分でつくるときは、スネ肉一キロ、トリガラ五〇〇グラム、セロリ一本、タマネギ五ツ、ベイリーフ五枚、ニンニクひとかけ、ギーを少々、あとナントカ、カントカと好みの食材をぶちこんで煮たててスープをとる。グツグツと三時間ぐらい煮る。これは一日がかりの仕事であり、カレーはつくる過程がドラマなのである。さらに言うと、つくってから一晩ねかせたほうがよい。

しかし、最近の私は、そんな面倒なことをせずに、ハインツのフォンドボォを使う。業務用八二〇グラムの大缶である。これは仔牛の肉や骨、野菜、トマト、シャンピニオンなどを原料としたスープストックである。料理店はこれを二十倍ぐらいに薄めるが、私は薄めない。上等の牛ロース肉を軽く焼いてこげめをつけ、好みのカレー粉を加えて三、四分煮込み一晩ねかしておく。これで上等のカレーができる。好みで赤唐辛子、白ワイン、マデール、エストラゴンを加える。牛肉がトロの刺身のようにサクッと嚙みきれて、カレーの味がしみこみつつ、もとの味が残る。これが一番うまい。

○カレーは家庭のドラマである　『カレーを食べに行こう』平凡社

嵐山光三郎（あらしやま・こうざぶろう）

一九四二年静岡県生まれ。作家。『素人庖丁記』で講談社エッセイ賞、『芭蕉の誘惑』（のちに『芭蕉紀行』に改題）でJTB紀行文学大賞、『悪党芭蕉』で泉鏡花文学賞、読売文学賞を受賞。そのほかの著作に『文人悪食』『追悼の達人』など。

ゴールデンカレーの晩餐

泉　麻人

子供の頃に親しんだ、家庭用の〝即席カレー〟の話を書きたいと思う。

昭和31年に生まれた僕は、カレーやラーメンに代表される即席食品草創期の頃に幼少時代を送った。物心つく頃に、わが家で愛用していたカレーは「ベルカレー」というやつだった……という記憶がある。大きなベル（鈴）のマークが入ったパッケージで、TVでよく♬ベルカレー・ルウ！　という短いジングルを流すコマーシャルをやっていた。このベルカレーの琺瑯看板が、当時、商店街の肉屋や乾物屋の柱や軒先によく張り付けられていたものだが、いつしか失くなってしまった。

「オリエンタルカレー」も想い出深いカレーである。日曜日のお昼にやっている、夢路いとし・喜味こいし司会の「がっちり買いまショウ」というTV番組の冒頭で、メガネを掛けたいとしの方が物凄い早口で「オリエンタル・がっちり買いまショウ！　五万円コース三万円コース一万円コース……」などとまくしたてる。弟とよくその物真似をしたものだ。そして初期の頃だったと思うが、番組の途中に「オリエンタルカレーの宣伝カーが町を巡回しながら、子供たちに風船を配ってまわる」そんな内容のCMが流れていた。

♬タラ〜ラ　タララ　リッタララ〜

といった、わかる人にはわかると思うが、アコーディオンのちょっと哀しい軍歌風のメロディーに乗って、後ろが〝展望デッキ〟風になった宣伝カーが走っていく。

オリエンタルカレーの宣伝カーをいつかこの目で眺めてみたい、と思っていたのだが、ついに一度もナマで見ることができなかった。名古屋のメーカーなので、東京の方にはあまり来なかったのかもしれない。

〝斬新なカレー〟というと、「SBモナカカレー」というのが一時期あった。これはその名のとおり、三角オムスビ型のモナカ皮のなかにカレールウが詰まっていて、そのまま、ぐつぐつ煮込む。つまり〝懐中しるこ〟のカレー・ヴァージョンである。モナカ皮が具として成り立つ、というのも、その時代ならではの話である。

ハウス・バーモント・カレー、グリコ・ワンタッチカレー、明治キンケイ・インドカレー……と、いろいろあったが、僕が生来「こんなウマい即席カレーが出たのか……」と感心したのは、「SBゴールデンカレー」が登場したときのことだった。

忘れもしない小学六年生の夏、記憶に誤りがなければ昭和43年の夏の終わり、だ。

当時、悪性の香港カゼが流行していて、僕もそれに冒されたのだ。高熱が続き、腹を下して、一週間ばかりウンウンと寝床でうなっていた。時事問題に興味をもちはじめた頃で、熱にうなされながら寝床のTVで、チェコに侵入したソ連の戦車の映像を観た（プラハ事件）という記憶がある。

プラハ事件の話はともかくとして、そんなときに母親が新発売された「SBゴールデンカレー」を買ってきた。高級レストランで出てくるような銀器に容れられたカレー、を描いた、それまでの即席カレーとは一味違ったゴージャスなデザインのパッケージだった。

「オナカ治ったらコレが食べられるのよ！」

母親に励まされて、僕は必死に病いと闘った（カゼごときで大袈裟な話であるが……）。

ようやく熱が下がり、腹の調子も良くなりかけた夜、快方を祝って〝ゴールデンカレーの晩餐〟となった。

僕は用心して、茶碗に八分目ほどのホカホカごはんに、控え目にカレーをよそってもらって味わった。ウマイッ！　こいつはとんでもなくウマかった。なんとなく、子供なりに、味にコクのある本格的なカレーだ、と思った。しばらく淡白なカユ飯ばかり食べさせられていたことも、ちょこっとだけ味わった、ということもあるのだろうが、涙が出るほど感動を覚えた。その後いろいろな場所で旨いカレーを味わったが、あの晩のゴールデンカレーに勝つほどのものとはまだ出会っていない。

○ゴールデンカレーの晩餐　『カレーを食べに行こう』平凡社

泉麻人（いずみ・あさと）
一九五六年、東京都生まれ。作家、コラムニスト。主な著作に『大東京23区散歩』『カラー版　東京いい道、しぶい道』『銀ぶら百年』、小説『還暦シェアハウス』『夏の迷い子』など。

最近のカレー

平松洋子

カレーは旅に似ていると思う。

家のカレー。

給食のカレー。

友だちの家で食べたカレー。

ひとり暮らしを始めた頃、自分で作っていたカレー。

……覚えているとは思いもしなかったのに、記憶の糸をたぐると、いろんなカレーが数珠つなぎに現れてくる。

家のカレーは、最初は「S&B」赤缶のカレー粉→「グリコワンタッチカレー」(たまに「オリエンタルスナックカレー」)→「ハウスバーモントカレー」、律儀に時代と同調していた。給食のカレーは、食べる頃にはうっすら膜が張って、表面のシワもいっしょにスプーンですくった。衝撃の初体験は、母が風邪で寝込んだとき近所のおばさんが作ってくれたカレーだ。皿の中心にでろんと光る黄色い生卵の迫力。とはいえ、おばさんの親切に文句をつけられるはずもなく、おっかなびっくり黄身を崩した。いまは、大阪「自由軒」のカレーの生卵をいそいそ混ぜているけれど。

あんなカレー、こんなカレー、思い浮かべていると、まるで各駅停車の旅のようだ。そのときどきの自分の状況や興味がカレーという混沌のなかに蠢いている。いよいよスパイスの存在を知り、インドにも旅をすると、カレーは世にも複雑なパズルになっていった。しかも、このパズルには正解がない。いつだってカレーは旅の途中なのだ。

さて、最近の私のカレーは、かつてない展開をみせている。どこの駅に下車しているのかさっぱりわからないが、とりあえず初めての地点だ。去年の暮れあたりからずっと、こればっかり。

カレーの湖にごはんの島が浮いているだけの、とてもシンプルなやつ。名前はまだない。

作り方です。

①何でもいい、手近な野菜をみじん切りにして厚手の鍋に入れ、弱火でじわじわ炒める。玉ねぎ、にんじん、きのこ類、長ねぎ、ごぼう、だいこん、ピーマン……残り野菜の一掃作戦でもある。

②鍋の中身を全部ミキサーに入れ、ガーッと回して粗いピュレ状にする。

③さっきの鍋に油（私の場合はオリーブオイル）を入れ、「S&B」赤缶のカレー粉を炒める。そのあと、トマトピュレを少し加えてなじませる。

④ミキサーの中身を鍋に戻して中火で煮る（必要なら、少し水を足す）。

⑤とろっとしたら、粉唐辛子、胡淑、塩で味を調える。

何にも具が入っていないふうに見えるけれど、じつは野菜のうまみが充満している。地味過ぎるのでは？　と拍子抜けさせるとみせて、粉唐辛子や胡椒をぴしっと効かせているので、額に汗かくパンチ力。五～六種類の野菜を適当に組み合わせるので、動員メンバーによって味が違うから、また楽しい。ほうれんそうを大量に入れれば、濃い緑のカレー……あれれ、インドのほうれんそうカレーの至近距離にいる。

「ノー・カレー　ノー・ライフ」と言う友だちの主張〝カレーは何も入ってないのが一番うまい〟。その気持ちがなんとなくわかるカレーである。私はたまに鶏肉とか入れるけど。こないだは、最後に牡蠣を入れてみたら、これがもう！

ゴールが見えないので、「ローカル路線バス乗り継ぎの旅」みたいだなとも思う。

○最近のカレー　『パセリカレーの立ち話』プレジデント社

平松洋子（ひらまつ・ようこ）

一九五八年、岡山県生まれ。エッセイスト。『買えない味』でBunkamuraドゥマゴ文学賞、『野蛮な読書』で講談社エッセイ賞、『父のビスコ』で読売文学賞を受賞。そのほかの著作に『買物71番勝負』『いわしバターを自分で』など。

カレーライス――ザ・国民的日本食

ねじめ正一

池田文痴菴《ぶんちあん》編著『日本洋菓子史』（日本洋菓子協会／昭和三五年）によれば、日本のレストランにはじめてカレーライスが登場したのは明治一九年（一八八六）だそうだが、それから一二〇年を経た現在、カレーは押しも押されもしない日本の国民食となった。

私は五七年生きてきたが、今までカレーが嫌いという人に会ったことがない。鰻《うなぎ》は嫌い、生魚が苦手で寿司はカッパ巻きしか食べられない、天ぷらは胃にもたれてどうも、という人はいたけれど、「カレーだけは勘弁してくださいよ」

「カレー食べるくらいなら椅子《いす》の脚でも齧《かじ》ったほうがマシですよ」という人には未だかつてお目にかかったことがない。逆にカレーが大好き、一日三食全部カレーでもいい、カレーのことならオレに聞け、ほかのものはカミサン任せだがカレーだけは作る、東京の主だったカレー屋はすべて制覇した、カレー好きが高じてインドへ香辛料の買い出しに行った……などなど、カレーと聞くと目の色を変え、口角泡を飛ばして論じるカレーマニアはじつに多い。

かくいう私もカレーは大大大好きだ。とくに二年前、近所に美味しいカレー屋ができてからというもの、カレーを食べる回数がぐんと増えた。

私のような仕事をしていると、食事がどうしても不規則になる。朝昼晩の三食のけじめがどんどんいい加減になってきて、朝昼兼用だったり、深夜にどっさり食べたりと行き当たりバッタリだ。こういうメリハリのない食生活をしていると胃によくないのであるが、不思議なことに胃の調子がもうひとつというときに無性にカレーが食べたくなる。頭では（今カレーなんか食べたら胃がもたれるぞ）と思っても、舌と身体は（カレーが食べたい、カレーが食べたい）とダダをこね、気がつくと近所のカレー屋のテーブルに座っている。

この近所のカレー屋はインド人のご主人が経営する本場カレーの店である。本場カレーといっても店によっていろいろだが、ここのカレーはココナッツミルクがたっぷりめに入ったカレーで私の口に合う。とくに海老《えび》カレーと野菜カレーが気に入っている。海老カレーはあまり辛くなくて、ココナッツミルクにカレーのスパイスを入れましたという感じでコクがあり、海老のダシもよく効いている。野菜カレーのほうはサラサラしていて、辛さの中にもそれぞれの野菜の味がちゃんと残っていて、眠気が残って何となくだるいというときにピッタリの味だ。

このカレーをナンかサフランライスにつけて食べるわけだが、私は胃が元気のときはナン、もうひとつのときはサフランライスを頼むことにしている。おそらく外国米を使っているのだろうが、サフランライスはふわっと軽くて胃にやさしい。ふつうのご飯のように腹にたまるということがない。軽くやさしいサフランライスに野菜カレーをまぶして食べていると、適度な刺激に疲れた胃壁がリフレッシュされるようで、医食同源とはまさしくこのことではないかと思えてくるほどである。中央線沿線ではここ数年カレーブームで、どの駅を降りても二軒や三軒は美味しい本場カレーの店があるご時世だが、なぜかご飯の美味しい店が少ない、というのが私の実感だ。

そんな中で私の家の近所のインドカレー屋「KUMARI《クマリ》」のサフランライスはじつに貴重であるし、店の雰囲気も気に入っている。レジ脇のガラスケースにインドの民芸品を並べて売っていたり、店の隅に段ボールの箱が寄せてあったり、メニューが写真入りの手作り風だったり、どことなく雑然としているのが妙に落ち着くのだ。奥の厨房《ちゅうぼう》から聞こえてくるご主人のヒンズー語の鼻歌もいい。愛想のいい娘さんたちが片言の日本語でオーダーを復唱するのもいい。家族経営で力を合わせてお客さんに喜んでもらい、自分たちの生活もよくしていこうというパワーが感じられて、こちら側まで元気になる。

こういう店だから地元でも人気で、たちまちのうちにもう一軒店を出した。新しい店も近くにあって、店の雰囲気のほうもなかなかだと評判である。

とはいうものの、このインドカレー屋のような本格カレーは、本格的過ぎて日本の国民食とは呼べない。もしかしたら日本人の口に合うように少しアレンジされているのかもしれないけれど、それでもやっぱりアレンジの度が足りない。いやいや、日本の国民食としてのカレーは、本格カレーとは似て非なる「カレーライス」というものであって、このカレーライスこそが日本の国民食、もとい国民的日本食として、今や世界に受け入れられたというわけである。

これはけっして大げさな話ではない。私の若い友人Kクンはミラノで数年間デザインの勉強をした男であるが、留学中、日本式カレーライスを作ってルームメイトのスペイン人に食べさせたことがあるそうだ。そのときのルームメイトの反応たるやすごかった。

「美味しい、なんてもんじゃないんです。もう感動感動の嵐なんですから」

Kクンは苦笑いして言ったものだ。

「そのルームメイトは味噌《みそ》と醬油《しょうゆ》が苦手らしくて、僕の作る日本食を臭い臭いと言うんですよ。味噌汁なんか作ると台所から逃げ出したくらいで。お前ら日本人はいつもそんな臭いものを食べているのか、なんて失礼なことを言うんで、頭にきて日本式カレーライスをこしらえたんです」

「へえ。カレールウがよくあったね」

「ミラノには日本食品を置いてあるスーパーがあるんですよ。値段は高いですけどね。日本のカレールウも高くて貧乏学生にはつらかったけど、ここで一発かませておかないと日本男児の名がすたると思ったんですよ」

Kクンはなけなしの小遣いをはたいてハウスのバーモントカレーとジャワカレーを一個ずつ買い、市場の肉屋で豚肉を買って日本式カレーを作った。変圧器を嚙《か》ませた電気釜《がま》でイタヒカリ（イタリアで生産されているコシヒカリをこう呼ぶそうである）を炊き、冷蔵庫に大事に大事にしまってあった福神漬けとらっきょうを添えてルームメイトに食べさせた。

「そいつったら、三回お代わりしましたよ」

Ｋクンが思い出し笑いをした。

「で、言ってやったんです。お前は日本人は臭いものばっかり食べるといってバカにしてたじゃないかって。謝ったらお代わりをさせてやるって」

「謝ったんだ」

「謝りましたね。頭を下げる代わりに両手を広げて、僕の肩をたたいてね」

そうそう、とＫクンが付け加えた。ルームメイトは薬味のらっきょうはぱくぱく食べたが、福神漬けは口に入れたとたん顔をしかめてトイレに駆け込んでしまったそうである。カレーライスと手を携えて歩んできた福神漬けを受け入れてもらえなかったのは残念だが、しかし、日本独自の発酵食品に対して抵抗と偏見を持つ外国人に、日本食の奥の深さを知らしめたカレーライスの功績は大である。

思えばカレーライスは、我々の曽祖父《ひいじい》さん世代が工夫に工夫を重ねてこしらえ上げた料理なのだ。インド生まれの黄色くて辛い野菜汁を、もっちりむっちりの国産うるち米ご飯にピッタリ合わせるため、「ウドン粉や片栗粉でとろみをつける」という逆転の一発で乗り越えた、日本のお家芸ともいえる換骨奪胎技術の賜物《たまもの》なのだ。

そのカレーライスはKクンもミラノで利用した固形カレールウの登場により、これ以上ないと思えるほどの完成度の高さで我々の食卓の常連となった。

私が調べたところでは、固形のカレールウができたのは意外に新しく、昭和二九年（一九五四）のことだそうである。冒頭に書いたとおり、日本ではじめてレストランでカレーが出されたのが明治一九年（一八八六）といわれているので、固形カレールウ誕生にはそれから六八年かかったことになる。製造はS&Bである。S&Bといえばあの真っ赤なカレー粉缶がすぐに思い浮かぶ。スーパーの固形カレールウの棚は今や百花繚乱《ひゃっかりょうらん》の賑《にぎ》わいだが、そう思ってみるとS&Bのディナーカレーやゴールデンカレーの少し地味なパッケージが神々しくさえ見えてくる。

「だけどルウを溶かしただけじゃおいしくないのよ」

と言うのはうちのオクサンである。隠し味が大切なのだ、と言うのである。究極の完成度ともいえる固形カレールウであるが、味にうるさい日本人はさらなる深みをもとめてカレーにさまざまなものを投入してきた。わが家の場合、その隠し味はチョコレートである。仕上げに板チョコを二片か三片放り込んでよくかき回す。これでカレーのコクがぐっと増すというのである。

周囲に聞いてみたところ、いや、わが家はインスタントコーヒーだというお宅もある。ウースターソース、醤油、マヨネーズはまだわかるが、味噌、黒酢、バナナ、ラーメンスープ（麺《めん》のパックを買うと入っている小袋のやつ）などなど、みんなじつにいろんなものを入れている。中には「うちでは犬にやるビーフジャーキーを粉末にして入れてるよ」という家もあって驚かされた。人間用ではダメなのかと聞いたら、犬用のほうが味がシンプルで美味しかったとのこと。大事なおやつを横取りされて恨めしそうな犬の顔が浮かんで思わず笑ってしまったが、さて、皆様のお宅ではカレーにどんな隠し味を入れておられるだろうか。

○カレーライス――ザ・国民的日本食　『我、食に本気なり』小学館

ねじめ正一（ねじめ・しょういち）
一九四八年、東京都生まれ。詩人、作家。処女詩集『ふ』でH氏賞、『高円寺純情商店街』で直木賞、『荒地の恋』で中央公論文芸賞を受賞。そのほかの著作に『認知の母にキッスされ』、絵本『ゆかしたのワニ』（絵・コマツシンヤ）などがある。

最後のカレー

酒井順子

カレーに対する特別な思い入れは、無いのです。子供の頃、カレーは両親がともに外出する夜のみ、母親が作り置きしたメニューでした。あたためてご飯にかけるだけで食べられるカレーは、子供達だけで食べる夕食に適した料理。ですから私はカレーというと、何となく「あ、手抜き」という感じがして、カレー好きにはならなかったのです。

昨年、姪っ子の三歳の誕生会を実家でした時、母親が作った料理がカレーであるのを見た私は、ですから「?」と思ったのでした。小さな子供向けということだったのかもしれませんが、料理好きで、いつも食べきれないほどの品数の料理を作っていた母がなぜ、誕生会にカレーなのだろうか、と。

とはいえ大量のタマネギをじっくり炒めたというそのカレーは、手抜き料理というわけでもなく、美味しかったのです。誕生会も楽しく終了し、私達はそれぞれ自分達の家に戻っていきました。

結果的に言えばそのカレーは、私が母とともに食べた最後の食事となりました。誕生会の数日後、母はほぼポックリ死とも言える状態で、他界。嵐のように葬儀を終えた後、私は住む人がいなくなった実家に、一人でたたずんでおりました。

親が死んでもお腹は空く。この現実に直面した私は、何か食べるものはないかと冷蔵庫を開けました。倒れる前日まで元気でいた母ですから、冷蔵庫にはぎっしり、食べ物が詰まっています。そんな中にあったのが、誕生会の時のカレーでした。大量に作ったカレーのストックが、まだ保存されていたのです。

冷凍庫には、一食分ずつラップに包んで冷凍された、ご飯。私はご飯を電子レンジで解凍し、カレーをあたため、ご飯にかけました。

作ってから数日がたったカレーは、味がこなれていて、誕生会の時よりも美味しく感じられました。そして私は、カレーを食べながら気付いたのです。これが、私が最後に食べる母親の料理であることに。

いつもよりゆっくりカレーを食べながら、私はさらに理解した気がしました。このカレーはおそらく、母親が永遠の外出をする前に、子供に対して残してくれた、最後の「作り置き」なのではないのか、と。母にはその死を予期することはできなかったとは思いますが、何かをどこかで察知した結果の、カレーだったのかもしれない。

今日の晩ごはんは、お父さんとお母さんはお出かけだから、自分達だけでカレー。そんな夜は、寂しいような、少しわくわくするような気分だったものです。そして最後のカレーは、父も母も永遠のお出かけをしてしまったということを、私に教えてくれました。親がいないということは、寂しいけれど少しわくわくするでしょう？　……と、からくてしょっぱくて甘くて苦いカレーの味は、その先の人生へと向けて、私の背中をポンと押してくれたような気がするのです。

○最後のカレー　『美味しいと懐かしい　随筆集　あなたの暮らしを教えてください4』暮しの手帖社

酒井順子（さかい・じゅんこ）
一九六六年生まれ。エッセイスト。エッセイ集『負け犬の遠吠え』で講談社エッセイ賞、婦人公論文芸賞を受賞。そのほかの著作に『百年の女――『婦人公論』が見た大正、昭和、平成』『消費される階級』などがある。

あの日、
あの場所で。

バスセンターのカレー

原田マハ

日本全国津々浦々、どこへ行ってもかならずあるのがラーメン屋と蕎麦屋。そしてどこかで必ず目にするメニューがカレーライス。「カレー屋」と称するところは必ずしも多くないが、カフェや定食屋やファミリーレストランに行けば（ときどき蕎麦屋にも）カレーライスはきっと私たちを待ってくれている。

旅先で楽しみなランチだが、宿泊先のホテルのバイキングで朝食をお腹いっぱい食べちゃったから、お昼はお腹にもお財布にも負担をかけないものが食べたいな、というのが旅人マインド。私もたいてい軽食にするが、蕎麦やラーメンで有名な場所でない限り、昼のチョイスは断然カレー。蕎麦やラーメン同様、いまや日本人のソウルフードとも言えるカレーをその土地の味で食べてみたいというのが、カレー好きのマインドなのである。

旅先で食べたカレーについて反芻《はんすう》していて、そういえばいろんな意味で「イレギュラーなカレー」を食べたことを思い出した。つまり「普通じゃないカレー」である。

どう普通じゃなかったか、四つ挙げられる。①食べた時間。これがランチではなく朝だった。最近は「朝カレー」も人気だと聞いたことがあるが、私にとってカレーは昼食べるもの。朝にカレーを食べたのは初体験だった。②場所。信じ難いことだが、そこはバスターミナルだった。しかもターミナル内の食堂などではなく、バスがバンバン発着する「バス停」の前。つまり（ターミナルだから屋根はあるが）外である。③食べ方。立って食べた。テーブルも椅子もない。が、カウンターのような台がバス停の前にある。このカウンターにカレーを置いて、立ち食いカレー。これまた初体験。④名前。その名を「バスカレー」という。「インドカレー」とか「キーマカレー」とかじゃない。「バス」と「カレー」の驚くべき合体である。どこをどう繋げたらバスとカレーが結びつくのか。が、これ以上のネーミングはあり得ないほどハマっている。だってバス停で食べるんだから、ほかに言いようがないじゃないか！

この異例づくしのバスカレー、新潟市のバスセンターの立ち食いコーナーの名物で、朝八時から営業している。昼前に新潟から移動しなければならなかった私は、どうしても食べてみたくて朝一番で行ったのだった。黄色すぎるほど黄色いカレーのルーに、真っ赤な福神漬けが目にしみる。ディープなカレー体験だった。

○バスセンターのカレー　『やっぱり食べに行こう。』毎日文庫

原田マハ（はらだ・まは）
一九六二年、東京都生まれ。作家。『カフーを待ちわびて』で日本ラブストーリー大賞を受賞しデビュー。『楽園のカンヴァス』で山本周五郎賞、『リーチ先生』で新田次郎文学賞、『板上に咲く』で泉鏡花文学賞を受賞。そのほかの著作に『キネマの神さま』『黒い絵』など。

カリーヴルストをベルリンで

平松洋子

ベルリンに行ったら、最初に食べたいものはカリーヴルスト。ドイツ人にそう言うと、「は?」という顔をして苦笑する。なんでわざわざアレを? と呆れられ、ベルリン在住の日本人は〝そんな日本人に会ったことがない〟ベルリン生まれの老婦人には「べたべたの赤いソースがキモチワルイ」とまで言われた。

でも、私は知っている。みんなアレを愛しているということを。

カリーヴルストは、そのまま訳せばカレー風味のソーセージである。カリーはカレー、ヴルストはソーセージ。でも、作り方も売り方も食べ方も、ぜんぶドイツのオリジナルだ。屋台で食べる焼きソーセージで、黄色いカレー粉、ケチャップみたいな赤いソースがたっぷり。屋台のカウンター越しに注文し、紙皿にどかんと盛ったのを受け取って、付け合わせの揚げポテトといっしょにスタンドで頬張る……と知ったのは、以前カレーについて調べているときだった。ソーセージにカレー粉を振りかけるなんて聞いたことがないし、おまけにベルリン名物だという。

ベルリンに着いたのは一月中旬、ずずーんと寒さが響く零下一度の深夜だった。ベルリン自由大学で講義をする仕事があり、その準備のため、ホテルに缶詰三日間。ぶじに仕事が終わった翌日、頭のなかでカリーヴルスト欲がうずうずしていた。

まず向かったのはカリーヴルスト博物館だ。だってヘンですよね、屋台のソーセージと街の中心地に建つ博物館。偏愛ぶりに敬意を抱き、いそいそと地下鉄に乗った。

地下鉄U6線コッホシュトラーセ駅は、かつて東西ベルリンの境界線上にあった回境検問所跡にほど近い。大通りを歩いて交差点を曲がると、あ、あそこだ、赤い壁に黄色いカレー粉模様が飛び散っているから、すぐわかった。

入場料は安くなかった（十一ユーロ）が、収穫はあった。屋台の再現、誕生の背景や歴史、スパイスの解説、作り方のシミュレーションゲームなど。一番興味深かったのはアメリカ人映像作家によるカリーヴルストの旅の上映フィルムで、ベルリン市民がこのソーセージについて口々に語る人間味にぐっときた。おっさんが屋台の前で熱弁を奮っていた。

「カリーヴルストはベルリンの暮らしそのものなんだ」

入場料に試食が含まれていたので、さっそく食べてみる。小さな紙コップ入り、赤いソースとカレー粉まみれの輪切りソーセージ。なるほど、スパイシーなカレー粉と酸味の効いたケチャップ風味が妙にあとを引く。

でも、これじゃない。

直感的に思った。

カリーヴルストは、小銭と引き換えに買うもの。片手に皿をのせ、安っぽい木のフォークでちまちま突き刺しながら、立ち食いするもの。

よしゆくぞ。カリーヴルストに出会う小さな旅の始まりだ。森鷗外記念館に寄ったあと（展示がすばらしかった）、次のポイントを目指した。

地下鉄U7線、メーリングダム駅を下り、地上に出てきょろきょろすると、やや、左前方の路上に黒山の人だかりが目に飛び込んできた。ベルリンの情報サイト「トップ10ベルリン」のカリーヴルスト部門一位、あれが「CURRY36」か⁉　おっさんから若者までベルリン男子の行列が迫力満点だが、日本女子、迷わず並びます。

自分でカスタマイズできるのが楽しい。ソーセージは皮あり・皮なしが選べるし、揚げポテト、丸パン、マヨネーズも足せる。

「ミット《皮》・ダーム《あり》・ポンメス《揚げポテト》」

カタコトで頼んでみたら、窓口の兄ちゃんがうなずいてくれました。たいてい一本一〜二ユーロ。この店では、皮あり・揚げポテト・マヨネーズ付きで、ちょい強気の四ユーロ台。ガラス越しに見ていると、作り方はこうだ。

①長いソーセージの揚げ焼きを三センチに輪切り、紙皿の手前に置く。
②向こう半分に揚げポテトをどかっ。
③カレー粉を振る。
④温かい赤いソースをドバッとかける。
⑤ポテトの上にマヨネーズをたらり。

待つこと二分、持ち重りのする掌大の紙皿を受け取って店頭のスタンドへ移動する。隣はコーラ片手の若者だ。

寒風に吹かれながらちびフォークで突き刺して食べる。うまいっ！　ほの温かく甘酸っぱいソース、ぴりっと辛いカレー粉まみれの肉々しいソーセージ。

パリパリの皮の歯ごたえがあとを引く。まあ確かにジャンキーな味だけれど、こりゃ名作だな、と説得力を感じたのは、カレー粉の功績があればこそだった。

いろんな説があるらしい。一九四七年、ハンブルクのレナが階段で転んだときカレー粉とソースが混じったのがきっかけ。いや四九年、ベルリンのヘルタが自分の店で考案したのが始まり……どっちにしろ、インドからたぶんイギリスを経由して遥々ドイツにたどり着いたスパイスが、いまカリーヴルストとして偏愛されている。

ベルリンを歩いていると、あちこちでカリーヴルスト屋台に遭遇する。地下鉄の出口、駅構内、広場、市場。微妙に違うソーセージとソースのコンビネーション、老者男女みんながうれしそうに買い食いしている。

西ベルリン地区の雄が「CURRY36」なら、東ベルリン地区の老舗にも行かなくては。一九三〇年創業、「Konnopkes《コープケ》 Imbiß《インビス》」は、地下鉄U2線エベルスワルダーシュトラーセ駅近くにある。

Uバーンが走る高架線の下にあると聞いていたから、駅を出ると黄色い屋台がすぐわかった。ベルリンの人に「いっつも百人並んでるよ！」と脅されたけれど、雪のチラつく土曜の昼前だったから行列ゼロ。それでも、夫婦や家族連れ、五組ほど思い思いにスタンドを囲んでいる。

ここのソーセージは皮なし、揚げポテト付きで四ユーロ以下、西地区より値段は安く、赤いソースの上にカレー粉をかけるスタイルだ。隣のテーブルの若夫婦のダンナさんは、右手にビールの小瓶、カリーヴルスト一本をはさんだパンにかぶりついている。メニューのなかにビーガン・バージョンがあるのもご時世なのだろう。

高架線の下、大通りに囲まれて車の波を眺めながら、赤と黄まみれのソーセージをフォークで突き刺して頬張っていると、しみじみとした庶民感覚が押し寄せてきてじわ〜んとする。ん？ このシブい雰囲気を、私は知っている。しかも日本で……。

ああっと声を上げそうになった。それは、立ち食いそば屋だった。

○カリーヴルストをベルリンで　『かきバターを神田で』文春文庫

ちくわはシーフードに入りますか？

須賀しのぶ

我が家では昔から金曜日がカレーの日でした。昔から日本海軍および現在の海上自衛隊でも曜日を忘れないために金曜はカレーと決まっているそうですが、全く関係のない海なし県の一般家庭でもそうでした。高尚な理由はなく、単に母が週末まで献立を考えるのがめんどくさかっただけでしょう。土曜のお昼もそのまんま食べられるし。翌日は休みということもあり、カレーは幸せな食べ物という刷り込みは物心ついたころからばっちりです。

よって私もカレーはたいてい金曜につくります。なんなら週末は全てそれでまかなえるし。一時はいろいろ凝《こ》り、スパイスからつくるコースにチャレンジしたこともありましたが、今は昔ながらのバーモントカレー辛口一択です。最大の理由はやはりめんどくさいからですが、慣れ親しんだ王道の安心感はすごいです。なんせ幼少時、インフルエンザで熱が四十度超えた時でも食べられました。これが完全な調教というものです。

とはいえ外で食べる多様なカレーも、大変よろしい。旅に出れば一度は必ずカレーを食べます。私は旅行好きなのですが、胃腸が案外弱く、だいたい三日目ぐらいには胃がダウンします。そういう時には、インフルエンザにすら打ち勝ったカレーの出番です。弱った胃にはヤバそうなのに、調教ってすごい。

というわけで行く先々で、王道カレーから、「正気かよ」とツッコミたくなるカレーまで食べました。最近（※二〇一八年当時）食べた「正気かよ」部門の筆頭は、横須賀《よこすか》で食べた陸奥《むつ》カレーでしょうか。戦艦『陸奥』をイメージしたとかで、白米の上にオニオンリングがこれでもかとばかりに積み重ねられ、その上に旭日旗《きょくじつき》がひるがえっております。ああ『陸奥』のゴツい艦橋《かんきょう》にそっくり！　かっこいい！　アホか！　あと陸奥という地名にちなんで角切りリンゴも入っています。主砲と同じ八個！　かっこいい！　アホか！

途中からは完全にオニオンリングとの一騎打ちで、カレーの存在は完全にどっかいってましたが、それでも美味しかったのはさすがです。胃は死んだけど。

メニューを選ぶ際に、陸奥以上にやばいと思ったのは、駆逐艦『島風《しまかぜ》』に着想を得た島風カレーです。三基の五連装魚雷《ぎょらい》に見立てた十五本のソーセージが白米の上にズラっと並んでいて、オイこれなんで誰も止めなかったんだよ……と思いました。

十五年ぐらい前に私が入り浸っていたころの横須賀は、こんなネタカレーは存在しなかったはずなんですが、しばらく見ないうちに何があったんだろう……いやまあ明らかに「艦これ」ですけど……。

ただ、海軍カレーの系譜《けいふ》として考えれば、このスーパーハイカロリーも正しいのかもしれません。一時、海軍ものを執筆している時に、気分を盛り上げるために海軍カレーを家でもつくり、それだけではなくレシピを参考にいろいろ海軍飯をつくってみたのですが、まあ当たり前といえば当たり前ですが、全てとんでもないカロリーで、たしかに気分は多少盛り上がりましたが体重計の目盛りが多少どころではない盛り上がりを見せたので、十日ほどでやめました。海軍飯こわい。

ともかく、カレーは偉大なのです。超手抜きでも凝りまくっていても（それが斜め上の方向でも）、等しく美味しい。どこで食べても、美味しい。その土地の食べ物が口に合わずとも、カレーがあれば何も問題はないのです。特殊部隊の人だって、カレー粉があればたいていなんでも食べられるっていうじゃないですか。こんなにすごい食べ物ほかにあります？

そんなわけで、敬意をこめて常にカレーはきれいにたいらげているのですが、人生に一度だけ完食できなかったことがあります。

場所はハルピン。ハルピンといえば旧満州《まんしゅう》でも中央部に位置し、有名なのはまあ水餃子か火鍋に麻辣湯《マーラータン》。あとはロシア料理。どれも美味しいですが、私の胃にはやさしくない面々です。旅も終盤にさしかかるころにはキリキリ痛み、他の土地ならこのまま食べないという選択肢もありますが、そのときのハルピンの気温はマイナス二十度。今すぐなんか食べないと凍えて死ぬ、ときょろきょろしていた私の目にとまったのは、ベ○ーチェのバッタモンみたいなカフェ。まちがっても麻辣湯とかおいてなさそうな、小洒落《こじゃれ》ていてなおかつチープなこの感じ。こういうところなら、適当なレトルトのカレーがあるかも！　今求めているのはまさにそういう無個性なカレーだ！　と思って、とびこみました。パスタやピザ、サンドイッチなどにまじって、案の定カレーもありました。ただしシーフード一択。こういう店でシーフードカレーだけって珍しいな、まあでもレトルトだろうし問題はないだろうと思って注文しました。しばらくして運ばれてきたのは、見たところ、水っぽいルーのシーフードカレー。タイカレーっぽいのかな？　と目についたカニを一口食べて、違和感。いやこれカニカマじゃん。よく見れば、ルーにまみれた大きいちくわもごろごろしています。え、カニカマとちくわってシーフードにいれていいの？　いやたしかに魚肉だけど、練り製品は練り製品というジャンルであってシーフードではないような気がする。そもそも中国のこんな北の果てでちくわとカニカマ普通に食べるんだ？　ワールドワイドだなちくわ……てかこれ明らかに肉とか野菜切るのめんどくさくて、余ってたちくわとカニカマ適当にいれたやつだよね？　シーフードに謝れよ……ととりとめのないことを考えながら（現実逃避）、もくもくと口に運んでいたのですが、半分ほどで断念。

人生初の、カレーお残し。屈辱でした。カレーのルーさえあれば、どこでもなんでも食べられると信じていたのに、長年の信念が折れた瞬間です。しかもゲテモノでもなんでもなく、ちくわとカニカマという、ふつうに食べれば美味しいなじみの食材なのが悔しさを倍増させます。今まで他の国ではナゾカレーも完食してきたはずなのに！

あまりに屈辱だったので、帰国後、ちくわカレーをつくりました。ちくわとカニカマを一緒にいれるのは気がすすまなかったので、ちくわと野菜のみで。もちろんルーは安定のバーモントカレー辛口です。

……ふつうに美味しかったです。あれ？

まず、ルーの問題でしょう。

ハルピンの店では、適当な水っぽいルーに、適当なちくわとカニカマが放りこんであるだけでした。具はこれだけ。

日本の市販のカレールーがいかに研究に研究を重ね、磨《みが》き上げられたものであるか、心の底から理解しました。日本独自のあのとろりとしたカレーは、とりあえず何を入れても力ずくで調和させてしまう、とんでもなくすごいやつなのです。スティーヴン・セガールなみの最強のコックです。インドあたりから見ればすでにカレーではないのでしょうが、そんなことはどうでもいい。

ならば、ちくわやカニカマもシーフードとして認めるべきじゃないのか。バーモント味のちくわを咀嚼《そしゃく》しながら、私は忽然《こつぜん》と悟りました。ああ、自分の常識にとらわれることのなんと愚かしいことか。ハルピンで、いっそ全くナゾな食材であれば、あの水っぽいルーでもいけたのだと思いますが、なまじ自分の中のちくわと目の前のちくわに大きくズレがあったために脳内処理がエラーを起こし、拒絶反応が起きたのでしょう。

思考の狭さを知らしめ、見事にちくわとも調和させる。カレーとはなんと偉大な存在なのでしょうか。

今ならきっと、あのハルピンのシーフードカレーも（気合で）美味しく頂けるはずです。

だが島風カレー、君はだめだ。

○ちくわはシーフードに入りますか？　『小説ＢＯＣ９』（二〇一八年四月刊）中央公論新社

須賀しのぶ（すが・しのぶ）
一九七二年、埼玉県生まれ。作家。『惑星童話』でコバルト・ノベル大賞読者大賞を受賞しデビュー。『芙蓉千里』三部作で、センス・オブ・ジェンダー賞大賞、『革命前夜』で大藪春彦賞、『また、桜の国で』で高校生直木賞を受賞。そのほかの著作に『荒城に白百合ありて』『夏空白花』など。

黄色くないカレーの謎

水野仁輔

あのシェフは、ターメリックを入れ忘れた。

僕がそれを見逃さなかったのは、使うスパイスが極めてシンプルなカレーだったからである。にんにくのほかにスパイスと呼べるようなものは、丸形をしたかわいらしいチリとターメリックパウダーしか使わない。そんなものだけでカレーができるの？　興味津々《きょうみしんしん》だったから数少ない登場スパイスの活躍の場を見逃すまいと僕は集中して観察していたのだ。それなのに……。

南インドのタミル・ナドゥ州にカライクディという町がある。そのあたり一帯はチェティナード料理と呼ばれる一種独特な食文化が育った場所だ。もう何百年も前から海を渡り、東南アジア諸国へ出て外貨を稼いだこの地の人々は、訪れた先で出会った味と郷土料理とをハイブリッドさせた。結果、インドを代表するほどアロマティックなカレーを完成させる。

南インドで出会ったインド人が片っ端から「チェティナード料理はスパイシーだ」という。その〝スパイシー〟という言葉に僕は〝辛い〟と〝香り高い〟というふたつのニュアンスを感じた。チェティナード料理。その名前を僕はだいぶ前から聞いたことがあった。でも、どんな味のするものなのかを正確には知らなかった。

日本で何度か食べたことはあったが、北インドの宮廷料理ほど重くなく、南インドの庶民《しょみん》の味ほどさらりとしていない。それらの間を取ったような味わいだというイメージである。いいとこどりをしたような印象もあって、ここのカレーは、日本人の味覚にピタリとはまるんじゃないかと思った。そう思い始めると急激にチェティナード料理への興味が強まってくる。どうにも我慢できなくなって、インドまでやってきた。

ここ七〜八年、毎年、同じメンバーでインドを旅することにしている。シャンカール・ノグチ、ナイル善己《よしみ》、メタ・バラッツの三人である。プロレスラーの名前のようだが、違う。彼らは日本のインド料理界に身を置くサラブレッドだ。

シャンカール・ノグチとの出会いは、共通の友人が主催したパーティ会場だった。酒でも飲みに行くか、と気軽な調子で訪れた友人宅の一番奥の部屋にシャンカールがいた。僕が二十代後半の頃のことである。第一印象で、ずいぶんハンサムな男だな、と思った。背も高い。友人が僕に彼を紹介した。

「彼、ノグチ君よ。水野君と同じようにおいしいカレーを作れるわ。おじいさんがインド人なの」

格好よくておいしいカレーを作れて、おじいちゃんがインド人。ズルい。ズルいじゃないか！　彼は思いのほかノリがよく、僕らはすぐに意気投合した。

ナイル善己のことは、ずいぶん前から知っていた。彼は、銀座にある日本で一番歴史のあるインド料理店「ナイルレストラン」の三代目だからである。店内で目が合うとお互いにぎこちなく会釈《えしゃく》をする程度の間柄だった。まもなく彼がインド・ゴア州で一年ほどの修業経験があることを知った。マニアックなインド料理話をできることもあって、僕らはすぐに意気投合した。

メタ・バラッツと出会ったのは、NHKラジオの放送室だった。同じタイミングでゲストとして呼ばれていたのが、貿易商を営む彼の父だった。

「うちの息子です。色々とこれからカレーの世界でやっていくことになると思うからよろしく」

若く、物静かなバラッツが僕に挨拶《あいさつ》をした。彫りが深くて鼻が高く、眉毛《まゆげ》が濃い。彼は父親がインド人で母親が日本人だから、ハーフである。インドの高校を出て、スペインとスイスの学校に通って学び、父親の仕事を手伝うために帰国した。よき仲介人がいたせいか、僕らはすぐに意気投合した。

インド料理を深く知りたいと考えた時、頭に三人の顔がすっと浮かんだ。それは春になって桜が花を咲かせるのと同じくらい自然なことだった。パッパッパッと頭の中に花びらが開く。彼らと一緒にインド料理を探求しよう！　そう考えただけで大きな手ごたえを感じた僕は、期待に胸を膨《ふく》らませた。

彼らは僕が一生手に入れることができないものを持っている。それは、インド人の血である。日本で生まれ育っているとはいえ、身近にスパイスのある生活を送ってきた三人が味方につけば、僕はまだ見ぬ世界へ連れて行ってもらえるはずだ。僕に限らず、インド料理の世界に身を置いてきた数々の日本人が誰も届かなかった何かへ手を伸ばせるかもしれない。

一緒にインド料理を勉強しようよ、と個別に声をかけると三人ともが快諾してくれた。毎月四人が一堂に会してインド料理を作る研究会が始まった。学校の給食で日本のカレーを食べ、自宅でインド料理を食べて育った彼らの感覚は非常に刺激的だった。まもなく僕らは研究会に飽《あ》き足らず、揃《そろ》ってインドを旅することに決めたのだ。

毎年一回、テーマを決めてインドを旅し、現地でインド料理を作って帰国する。このプロジェクトを誰かが「チャローインディア（インドへ行こうぜ）」と名付け、今も続いている。ある年は乳製品をテーマにバッファローの乳搾《ちちしぼ》りにでかけ、またある年は米をテーマに田植えや稲刈りを体験した。ベンガル料理がテーマならガンジス河の下流に魚釣りに行き、タンドールがテーマなら砂漠地帯で原始的な窯《かま》作りに精を出した。

インド料理は知れば知るほど身近に感じ、突き詰めれば突き詰めるほど遠のいた。そういえば、知り合いのカレー屋さんが、かつてインドで食べた忘れえぬカレーの味を「まるで蜃気楼《しんきろう》のようだ」と語ってくれたことがある。あの味を目指したい、目指したいと思って毎日カレーを作る。少し近づいたかな、と思うこともあるが、翌日には、遠く彼方へ逃げてしまっているようであの味にはいつまでたっても届かないんだ、と。数千年の歴史を持つ料理がそんなに気軽に仲良くなってくれるはずもない。

今回、旅するに際して、「チェティナード料理とは何かを知りたい」とメンバーに切り出したのは僕だった。行先のカライクディはすぐに決まり、料理がおいしいと評判のホテルを予約した。シェフからチェティナードを代表する料理をいくつも教えてもらうことになったのだが、そのひとつにマトンウップカリーがあった。ヤギの肉を煮込んだカレーでホテルのシグニチャー料理だという。レッスンが始まり、僕たちは、目を張り付けるようにしてシェフの動きを追った。

目の前にざっと並べられた材料が次々と使われていく。それにつれ、おいししそうな香りは強まった。ジャーッとかパチパチパチッとか音を立てながら手際よくカレーは出来上がっていく。それなのに脇に置かれたターメリックだけが鍋に投入されないままだ。

時間は過ぎていく。おかしいな、使うならこの辺りだよな。黄色い粉は動かない。ポイントとなりそうな箇所がいくつかあったが何事もなく通り過ぎた。この後、どこかのタイミングでターメリックが入るとしたら、それこそ事件だぞ。水が注がれ、ぐつぐつと煮立ったのを見届けて、シェフは、鍋のふたをしめた。

「ここからはあと一時間ほど本格的に煮込まなくちゃならない。煮るだけだからレッスンはここまで。できあがりはディナーに食べよう」

シェフは自信ありげにニヤリとほほ笑み、鍋を抱えて調理場の奥へと消えていった。

実は、調理の途中で、料理の解説をしてくれているマダムに僕は小さな声で、

「あのターメリックはどうするの？」みたいなことを尋ねてみた。でも、マダムはあまり鍋の中を見ていなかったし、さらに突っ込んで聞いたらシェフに恥をかかせることになるかもしれないと思って僕はそれ以上、口を開かなかった。ターメリックが入らなかったらどんな味になるのだろうか。それを試食してみたいという気持ちがあったことも事実だ。

夕方五時のコーランが街中に響き渡る。ジリジリと照り付けていた太陽は傾き、ぬるい風が心地よさを届けてくれる時間帯になった。そろそろ蚊が出そうだな。ディナーが始まり、あのときのマトンウップカリーが登場した。ターメリックの入らない、黄色くないカレーである。黄色くないどころか、深く濃い茶色をしている。口に運んで驚いた。うまいのだ。

カレーっていったい何なのだろう。カレーが生まれた場所であるはずのインドで、僕はカレーのことがわからなくなってしまった。

マトンウップカリーは、ホテルが出しているクックブックにもレシピとして紹介されている。本に書いてあることから何一つアレンジをしたりはしていない、とマダムは説明してくれた。だから、僕は、シェフがレッスンしてくれたカレーを食べ終わった後、ホテルの部屋に戻り、購入していたクックブックを開いて確認した。そのとき、僕は、もうひとつの事実に気づいたのだ。

あのシェフは、ターメリックを入れ忘れた。そればかりでなく、シナモンスティックも入れ忘れていたのだ！

あのシェフは、気づいていたんだろうか？　あのシェフは、もしかして、大事なスパイスを入れ忘れたことに気づき、レッスンとディナーとの合間にターメリックとシナモンを追加したのだろうか。いや、そんなはずはない。あのカレーにはターメリックの色も香りもなかったのだ。それで仕上がりがあんなにおいしいのなら、ターメリックとシナモンは必要ないということなのか。それともターメリックとシナモンを入れたら、もっとおいしくなってしまうということなのか。

スパイスで作るカレーの魅力は、その香りにある。僕は昔も今もそう思っている。スパイスの香りが素材の味わいを引き立てる。ターメリックもチリもシナモンも素敵な香りがある。優秀な役者がそろいもそろってヤギ肉の味わいを最大限に引き出した結果、ヤギのカレーはヤギの煮込みよりも魅力的な味わいに仕上がるのだ。それなのに。それなのに……。

あのシェフは、ターメリックを入れ忘れた。

そんなことは、きっと取るに足らないできごとなんだろう。

「インド料理はね、君が思っている以上に奥深いものなんだよ」

ニヤリと笑ったあのシェフにそう言われているような気がした。これからも僕はインドを訪れ、インドのカレーを探求し続けるつもりだ。

旅の途中でハッとするほどおいしい味に出会うたびに、このちょっとした〝事件〟を思い出すに違いない。

○黄色くないカレーの謎　『小説ＢＯＣ９』（二〇一八年四月刊）中央公論新社

水野仁輔（みずの・じんすけ）

一九七四年、静岡県生まれ。料理研究家、ライター。株式会社エアスパイス代表取締役。主な著作に『水野仁輔のスパイスレッスン』『世界一ていねいなスパイスカレーの本』『システムカレー学』など。

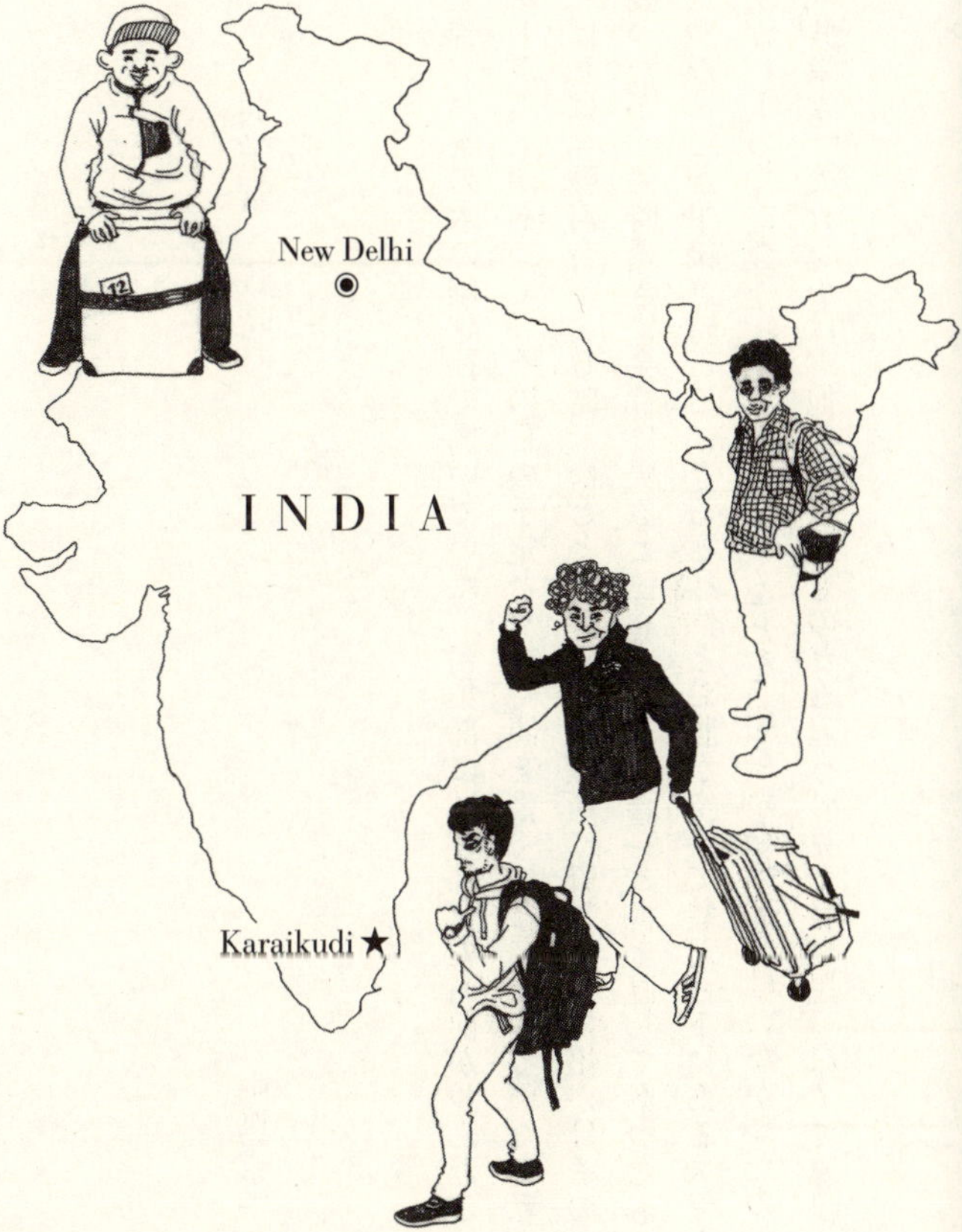

New Delhi
INDIA
Karaikudi
12

共栄堂・6時。

中島京子

昔、お茶の水の雑誌社で働いていた。編集部には、部員の名前が並んだホワイトボードがあって、その日の予定と帰社時間を書くことになっていた。私もしばしば「駿河台下・6時」などと書いて、本屋街に資料探しに出かけるのを装ったが、六時過ぎに会社に戻ると、「共栄堂・6時」と書き直してあったものだった。私が午後五時ごろになると猛然とお腹が空いて駿河台下にあるスマトラカレーの「共栄堂」へ出かけていくことを、知らぬ編集部員はいなかったのだ。「共栄堂」のカレーは、他のどこのものとも違う。見た目が黒っぽくて葛湯のような滑らかさがあり、肉以外の具がすっかりルーに溶け込んで見えなくなっていて、口に含むと辛さと同時に豊かな甘みと旨みが広がる。最初に食べた時は、これがカレーなのかどうかもよくわからなくて、頭にクエスチョンマークを浮かべながら店を後にしたのに、たしか同じ週の別の日にもう一度足を運んで食べていた。

それからは週一ペースで食べないと落ち着かなくなった。秋冬限定の焼きりんごも魅力だが、カレー&焼きりんごは、かなりなボリュームだ。カレー&コーヒーにしておいたほうがダイエット希望者には無難だろう。思えばもう四半世紀くらい通っている。いつもポークカレーを頼んでしまう。「共栄堂」はラッキョウも絶品だ。これほどラッキョウと相性のいいカレーも他にないのではないか。ハムサラダもおいしい。

創業が大正十三年といえば、関東大震災の翌年。ということは、今年は九十周年ではないか！　おめでとうございます、共栄堂。このカレーがほんとうに

「スマトラ島」で食されているものに近いのかどうかも、さっぱりわからないけれども、東京で九十年愛されてきたことは保証済みだ。

お茶の水の会社を辞めて十八年も経つので、さすがに週一回は行かないが、本屋街に行くと自然に足が向く。百周年までに何回食べられるだろうと思うと、今から駿河台下に出かけたくなってくる。

○共栄堂・6時。　『東京人』（二〇一四年七月号）都市出版

中島京子（なかじま・きょうこ）

一九六四年、東京都生まれ。作家。『小さいおうち』で直木賞、『かたづの!』で柴田錬三郎賞、『長いお別れ』で中央公論文芸賞、『夢見る帝国図書館』で紫式部文学賞、『やさしい猫』で芸術選奨文部科学大臣賞、吉川英治文学賞を受賞。そのほかの著作に『うらはぐさ風土記』『坂の中のまち』など。

初めてのカツカレー

辻村深月

大学で教育学部だった私は、地元の小学校に一ヵ月間、教育実習でお世話になった。受け持ちは二年生。夜更かしや寝坊が当たり前のいかにも学生らしい大学生活を送っていた私に、実習前、すでに実習を終えた先輩たちが「大変だよ」とアドバイスしてきた。「課題も多いし、ものすごく痩《や》せちゃった」とため息をつく姿を見て、実を言うと、「え、痩せられるんだ。やったー」と思っていたのだが、そんな考えをよそに、私は教育実習によって、痩せるどころかむしろ太った。

原因は、給食だ。

早寝早起きの規則正しい生活が身について健康になった上に、毎日子どもと一緒にたくさん遊ぶせいでものすごくおなかが空く。三食きっちりと食べるようになり、お昼には栄養バランスが考えられた給食を、子どもたちと一緒になっておかわりまでしていた。

それならそれで仕方ないか、と開き直って、とことん給食を楽しむことに決めた。中でもとりわけ楽しみだったのがカレーライス。経験上、一ヵ月に一度は必ず出るはずだ、と思っていると、ある日とうとう、子どもが教室の後ろに貼られた献立表を指差しながら、「先生、明日はカレーだよ」と報告してきた。

「カツカレーだよ！　すごいよ、今までただのカレーは出たことあるけど、カツカレーなんて初めてだよ」

「ええっ、本当？　先生ラッキーだったねえ」

そんなふうに話しながら、翌日、給食の時間を迎えた。廊下や教室にカレーの匂いが漂い、子どもと一緒にわくわくと配膳台の前に立つ。——と、そこであれ？　と思った。どこにも、楽しみにしていたカツの姿がないのである。まさか、うちのクラスだけ忘れられた？　と思いながら、おかしいな、と再度確認していると、子どもがしょんぼりしながら話しかけてきた。

「先生、ごめん。カツオだった……」

献立表を見直すと、きちんと「カツカレー」ではなく「カツオカレー」とある。給食係がおたまでかき回す鍋の中には、肉ではなく、大きなカツオのかたまりが。

カツがない、とがっかりして俯《うつむ》く子どもの顔が申し訳ないけどかわいくてたまらず、「残念だったね」と、笑って一緒に給食を囲む。

カツオカレーは肉のカレーより甘く、ちょっとハヤシライスのようで、とてもおいしかった。

○初めてのカツカレー　『図書室で暮らしたい』講談社文庫

辻村深月（つじむら・みづき）

一九八〇年、山梨県生まれ。作家。『冷たい校舎の時は止まる』でメフィスト賞を受賞しデビュー。『ツナグ』で吉川英治文学新人賞、『鍵のない夢を見る』で直木賞、『かがみの孤城』で本屋大賞を受賞。そのほかの著作に『青空と逃げる』『傲慢と善良』など。

ライスも、
パンも、カツも。

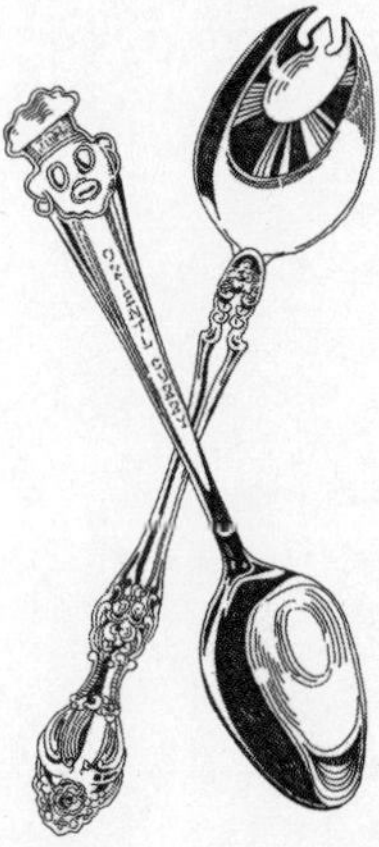

私、カレー病です

村松友視

私、カレー病です

実は私、朝起きて最初に食べる正午の食事を、目下のところレトルトのカレーにしている。かつては讃岐うどんの釜揚げに、刻みネギ、鰹節、すったショウガ、揚げ玉をかけてその上から醤油をほんの少したらし、これを箸でぐるりとひと回しして食べるのを六か月ほどつづけたことがあった。

六か月つづけたあげくさすがに飽きて（当り前ですよね）、次に始めたのが長崎から取りよせる皿うどん。これは冷凍のやつで扱いも簡単、味もなかなかのものだった。それもかなりつづけて飽きたものの、次がなかなか決まらなかった。そんなとき思いついたのがカレーで、まず薬膳カレーと皿うどんを交互にやっているうち、レトルトのカレーに目がいった。

いま、スーパーやデパ地下にはカレー・コーナーが設けられ、そこに各種のレトルトのカレーが揃っている。

コンビニのおにぎりを食べるにつけ、競争は質の向上を生むという実感を強めていた私は、レトルト・カレーの勢揃いに目をつけたのだった。そこで、カレー・コーナーにあるやつを手あたりしだいに買い漁り、自分に合う味を探した。そのあげく、やはりレトルト・カレーの底力を強く感じたのだった。

名店のカレー、昔風のカレー、タイ風やインド風のカレーを次々と試食し、なつかしのライスカレー風やレストラン風などをこなしているうち、ついに私にとっての理想のレトルト・カレーを見つけ出した。

正午の食事をこれと決めて、もはや二か月を経過しているが、一向に飽きることがない。もっとも私のカレー好きは小学生時代に遡るのであり、隣りの親戚の夕食がカレーのときは、皿に御飯を盛ったのを持って行き、上にカレーをかけてもらって、隣家の食卓で食べた頃に始まっている。そしてこれまでカレーをいやだと思ったことがない。つまり大のカレー好きだから、本来はカレーの味に甘いタイプであるのかもしれない。

しかし、毎日つづけるとなるとやはり、その中で最も自分に合う味が割り出されてくるのであり、これは余人には参考にならぬ、私のみの味覚が基本ということになる。

したがって、私がいま凝っている「鳥肌の立つカレー」なるレトルト・カレーが、万人向きと言い放つ自信はない。だが、レトルトなのに名店以上の味を目指してつくられたというこの奇妙な名前のレトルト・カレーが、このところ正午にかならず私の腹に入っているのはたしかなのである。

いま気づいたが、これまでも私はしばしばカレーのことを書いている。祖母との渋い食卓で育った子供の後遺症なのだろうか。私が子供の頃、カレーはとにかくハイカラなメニューだった。いや、私にとってはいまもその感覚はつづいていて、新たに加わっているのが俳優の大泉洋のプロデュースによって味つけを工夫された「本日のスープカレーのスープ」なのだから、カレーとは永遠のつき合いになるのだろう。

三つ児の魂

シャケ、紅ショウガ、ゴマ塩、魚の煮つけ、漬物といった祖母の献立に終始する私にとって、隣の親戚の家のライスカレーとの遭遇は、まさに異文化との出会いであった。

だが、そのときの隣家のライスカレーは今日見られるカレーライスとちがってまさにライスカレーであり、ジャガイモ、ニンジン、タマネギの中に脂の多い豚肉が混り、色はほとんど黄色だった。これにソースや醬油をかけて食べたものだった。

三十代になりたての頃、知り合いの女性がカレーライス屋を始めたときは、何だか得をしたような気がした。映画館主の子供と同級生であったため、タダで映画を見ることができた記憶と結びついた、まことにさもしい心根だった。その店は、カレーライス屋へ入る客の心理を分析したあげくの手だてを、いくつか発案してスタートした。

まず、カレー屋に飛び込む客は、だいたいにおいていますぐカレーを食べたい気分にちがいないというので、和菓子屋の餡をこねる機具を導入し、つねにカレーが掻き回されていて、いつでも客に出せる状態をつくった。次に、米の値段の上限と下限の差など知れたものだからと、高くて旨い米で御飯を炊いた。

さらに、福神漬をどんぶり一杯食べる客はいないというので、各テーブルに福神漬がどっさり入った容器をどかんと置いた。

私も何度か通ったが、半年くらいでその店は閉店した。つまり、カレーの味に比重をおかないやり方の限界だった。そろそろグルメ志向が頭をもたげ始めた頃で、そのレベルのカレーに人々が興味をもたなくなったのだろう。

それから先は、カレーの領域はいちじるしい進歩、進化をとげてゆき、グルメのカレー好きにめでられるカレーのレベルなんぞは、贅沢きわまりない。個人の自慢料理としてのカレーも決してあなどれない。それほどカレー文化が変貌しても、カレーにちょっと醤油を……という誘惑から、私が完全に脱し切れたとも言えないのだから、三つ児の魂は恐ろしいものである。

反則の系譜

私が大学に入った頃、渋谷の「食堂三平」や大衆レストラン「サバラン」のガラスケースの中に、カツカレーなるものが出現した。それ以前にもカツカレーの歴史があったのかもしれないが、私はそのとき初めて、カツカレーなるものに遭遇した。そして、この新しい食べ物に対する反応が、友だちの中でも大きく分れたものだった。

それまでの学生たちは、カツライスを食べるかカレーライスを食べるかを、店のイスに腰をおろしてしばらく考えるのがつねだった。そして、その悩みはけっこう深かった。カツライスを選べばカレーライスがやけに旨そうに見えるし、カレーライスを選べばカツライスの方がしっかりした食事に思える。どっちを選んでも悩みは尽きないのだが、その悩みはゲームみたいで楽しくもあったのだ。

ところが、カツカレーの出現でその悩みが消えた……それが不満だと怒るヤツもいた。いや、いっぺんに両方味わえるのは有難い、と歓迎するヤツもいた。私は、カツカレーの旨さは十分に想像できるが、これは一種の反則だという意見を述べたはずだ。

やがて、社会人となったあげく『私、プロレスの味方です』なんぞという本を書いて、反則の二文字に別な価値を感じるようになった私は、反則のあげく生れたカツカレーをも受け入れるようになった。社会人となって十六、七年がたった頃のことだった。

よく考えれば、料理のメニューなどは、反則によって次々と新しい味が生み出されてきたのではないか。ウナギとワインの組合せだって、むかしなら反則そのものなのだから。

昨今、カレーラーメンなるものが出現し、人気を博していることを知って、カツカレー出現の雰囲気にかさなった。ラーメンにしようかカレーにしようか……その悩みを「合せちゃえばいいじゃん」というかたちで解消してくれる、これこそ反則……すなわち味の進化の王道に沿った現象ではないか。

こうやって二者択一を迫られて悩むケースが次々と消えてゆくと、選択に悩むゲームも姿を消してしまう。反則はたしかに進化につながるのだが、選択の悩みというゲームを失った食べ手からは、やはり人間らしい楽しみも失せるような気もする。それにしても、このエポック・メーキングな二つの反則事件で、ともに主役を演じたカレーという存在は、やはり凄い。

かつお節ダシと小麦粉のとろ味

近くに住んでいた会社の先輩が、たまに夕食に呼んでくれることがあった。先輩は両親と一緒に住んでいたが、呼んでくれるときはお母さんがカレーライス、いやライスカレーをつくる日に決まっていた。お母さんの、かつお節でダシをとるカレーの味が、何とも旨かったし、ノスタルジアを呼び起こしてくれた。

〝日本のカレー〟の一大特徴は、あの独特のとろ味をつける小麦粉の使用だということを、どこかで聞いたことがあった。それはもちろんのこと、私はこれに〝かつお節ダシの使用〟をつけ加えてもらいたいくらいである。ジャガイモ、タマネギ、ニンジン、豚のアブラ身、福神漬という役者が動員されねばならぬのは言うまでもない。戦後の子供の前に華々しく登場したカレーライス、いやライスカレーは大体においてこのスタイルであった。

そんなカレーの味が、しだいに洗練されてゆき、本格的なカレーに近づいてゆくのだが、この進化は私にとって一抹の寂しさをともなうものだった。何と言っても小麦粉のとろ味がなくなったのが痛手だ。それに、様々な香辛料を駆使した複雑な味つけになって、かつお節のダシなど言語道断、蹴散らされて忘却の彼方へと捨て去られていった。そんな流れの中で、先輩のお母さんのカレーは、私の心に光明をもたらしたものだった。先輩も先輩の奥さんも、常々はけっこう味にうるさいタイプだが、お母さんのつくるカレーには文句がなかった。そのおこぼれに二十代の私もあずかっていたというわけだ。

やがて、私は先輩の家とかなり離れた街で暮すようになり、先輩のお母さんも亡くなってこの世にいない。小麦粉のとろ味とかつお節のダシによるカレーは、ついに私の前から消え去ったかと嘆いたが、首の皮一枚で私はこのタイプのカレーとつながっている。そば屋で食べるカレー南ばんが、戦後のカレーの至近距離にある味なのだ。この発見はうれしかった。ちなみに、カレー南ばんの場合、私はうどんでなくそばを選ぶ。あの馴染みにくそうな組合せが、食べてゆくうちにしっくりと溶け合うあたりがたまらないのである。

辛《から》さと辛《つら》さ

かつて神戸に四か月ほどひとり住いをしていたことがあった。マンションの一室を借り、そこで書いた原稿を持って郵便局へ出しに行き、帰りにカレーライス屋に寄ることが多かった。オバサンがひとりで仕切るその店は五、六人で満員の小さなカウンター席だけの店だった。

店の壁に「①子供用　②女性向き　③額に汗　④汗を拭き拭き　⑤インド人もびっくり」と書かれた紙が貼りつけてあった。数字は辛《から》さの倍数を示していて、数字が上るにつれて辛さが増してゆくことをあらわしていた。

オバサンのモットーは、「辛さに強い男はえらい」であった。オバサンがもっとも快感をおぼえるのは、図体のでかい男が②くらいでヒーヒー言っている姿であり、「鍛えてあげるさかいもっと通えばよろし」といった目で笑ってながめていた。オバサンが尊敬するのはもちろんその反対のタイプ、すなわち辛いカレーを涼しい顔で食べる、普通サイズの男だった。

あるとき私は、オバサンがもっとも尊敬する客は、いったい何番のカレーを食べたのかとたずねてみた。返ってきた答えは、番外の⑨だった。番外の⑨と言われても、③以上は無理というレベルの私にはその辛さが想像できなかった。そこで、⑨を食べた客がその辛さを何と表現したかと聞いた。

「何や、辛さが耳にきたゆうてねえ……」

オバサンはなつかしそうに言った。辛さが目にくる……くらいまでは想像がつくが、耳にくるとは一体どんな感じなのか。三半規管がいかれてまっすぐ歩けなくなるくらいの辛さか……私は訳の分らぬことを思いつつ③のカレーを平らげて帰ったが、オバサンはなぜ「辛さに強い男はえらい」という境地に達したのだろうかという疑問が残った。

辛いという字は、「つらい」とも読む……それに気づいたのは神戸から東京へ戻ってかなりあとになってからのことだった。オバサンのモットーは、「辛《つら》さに強い男はえらい」とかさねられていたというわけだったのである。

○私、カレー病です　『私、丼ものの味方です』河出文庫

村松友視（むらまつ・ともみ）

一九四〇年、東京都生まれ。小説家。『時代屋の女房』で直木賞、『鎌倉のおばさん』で泉鏡花文学賞を受賞。その他の著作に『上海ララバイ』、エッセイ『私、プロレスの味方です』『夢の始末書』『帝国ホテルの秘密』などがある。

百人の　カレー食う音や　カレー記念日

野崎まど

　年も明けたばかりの初春の折、野崎《のざき》まどなんていうけったいな筆名の作家の元に、一通のメールが届いたのでございます。

「『小説BOC』のエッセイ特集にご寄稿《きこう》いただけませんでしょうか」

　見れば中央公論新社が敏腕美人編集山本氏からのお仕事の依頼でありました。

　さて実はこの作家まど、前回おんなじ人から連絡をもらった際に「ちょっと今忙しくて……」なんて偉《えら》そうな態度で断った経緯《けいい》がありまして。言っても忙しいなんてのは要は筆が遅いだけのお話で、実際のとこはろくすっぽ書きもせずにウンウン唸《うな》っているか、キーボードを叩いているように見せかけるためにカタカタ唸っているかのどっちかなわけですが。まあそんなことはともかく幸運にもまた声をかけてもらったまど。二回も断ろうもんなら流石《さすが》に愛想を尽かされちまうと思い、二つ返事で執筆を引き受けたのでございます。

さてはて後日、打ち合わせと称して飯をたかりに行ったまど。勝手知ったるやり手編集山本氏はたんと召し上がれと作家を餌付《えづ》けしながら言いました。

「エッセイのテーマは『カレー』でお願いします」

「ほほう、カレーですか。それはちょうどいい。実は私、カレーには一家言《いっかげん》ありまして」

嘘でございます。仕事が途切れるのを恐れるあまり調子のいいことを口走ったこの男、カレーについては辛くて食《く》えるくらいの知識しか持ち合わせてございません。もちろんそんなことを言って困るのは当の本人でして。さあ仕事しようかなと原稿を前にしてもろくに書けずにカタカタカタカタ不気味に呻《うめ》くだけ。一文字も打たぬまま締め切りが近づき、どんどん不安になる始末です。このまま原稿を落としたら当然仕事は途絶えるのであろうなあ、しかし適当なことを書き並べて知ったかぶりの半可通《はんかつう》と思われればやはり仕事は途絶えるのであろうなあ、右も左も失業の四面楚歌《しめんそか》、ほとほと困り果てた作家がそこでようやく思い至ったのが、古い付き合いの友人T氏の存在でございます。

普段は画業をしておりますこのTなる御仁、何を隠そう大のカレー好きでして。昼はカレー夜はカレー三四がなくてカレーが二十歳、X（旧Twitter）を覗《のぞ》こうもんならカレーを浴びる女の子の絵が飾られているというまさにカレーの化身のような御方。そうだそうだと思い出したまど、カレーのなんたるかをササッと簡単に二分くらいで教わろうと早速連絡を取った次第です。

しかしカレーをこよなく愛するカレー師匠《ししょう》のT氏、当たり前ですがそんな軽薄なもんに良い顔をする義理もなく。

「おまえさんね、カレーというのはそんな簡単なもんじゃないんですよ。毎日毎食欠かさず食って、それでもカレーのなんたるかなんて大それたもんは尾っぽの先も見えやしませんよ」

「そこをなんとか。ぼちぼちわかった風に見えりゃあそれでいいですから」

「カレーをわかろうと思うんなら大人しくカレーを食べんのが一番の近道ですな。おまえさん程度のもんが始めるなら、まあエスビーのカレーの王子さまだとか、永谷園《ながたにえん》のJリーグカレーからだね」

「ほほう。そのJリーグカレーとはいかなるもんで」

「そこは膨《ふく》らまさなくていいんだよ。素人《しろうと》がカレーのエッセイを書くなんていい加減諦めて、スーパーに寄って帰って夕飯にカレーでも食いなさいな」

「そんな殺生《せっしょう》な。締め切りが迫ってるんですよ。カレーを食べてる暇なんてありゃしません。なんでもいいから教えて下さいな」

「一杯も食わねぇでほんとにずうずうしいやつだね……。わかった、そこまで言うんなら教えてやらんでもないよ。けど代わりに、おまえさんのカレーに対する誠意を見せてもらおうじゃねえか」

「誠意といいますと」

「あたしの目の前でね、カレーを一度に十杯食べてみなさいな。そしたらあんたの心意気をちっとは認めて、あたしが蓄えたわずかばかりのカレー知識を授けてやりますよ」

「本当ですかい！　この耳でしかと聞きやしたよ！　約束だ！　そうと決まりゃあ早速準備してきまさあ！　カレー十杯なんて軽いもんだ！」

嘘でございます。まどは毎日家でネットか原稿するだけのインドア不摂生《ふせっせい》作家ですから、食も当然のように細くてカレーならせいぜい二杯が関の山。そんな大口を叩いて困るのはまたも本人でして、スーパーへの道すがらで早くも途方に暮れる有様。

「十杯なんてとてもじゃあないが食えん。なんとかごまかして一・五杯くらいで勘弁《かんべん》してもらう方法はないものか。なんなら一杯でもいい。なんならナンだけで」

ナンナランナンナンナラナンと呟《つぶや》き歩くまど。傍《はた》から見りゃあランラランと陽気な輩《やから》でしょうが、本人は真剣にナンだけで済ます方法を考えております。スマホでウィキペディアのナンのページを熟読《じゅくどく》する作家。ふと顔を上げりゃいつのまにやら山ん中。チャパティやピタのページまで無駄に読みふけるうちに道のないようなとこへ迷い込んでしまった様子です。どっちを向いても木ばかりでほとほと困り果てたまど。

その時です。ふと気付いて茂みの奥へ目をやると、なぜか皿に盛られたカレーが森の中にぽつん。しかしそれよりもっと驚いたのは、木の上からカレーを狙って鎌首《かまくび》もたげるラモス瑠偉《るい》。

「こいつは驚いた。あの有名選手がなんでこんなとこに」

うろたえる作家には目もくれず、シュールッと下りてきたラモス。まるでうわばみみたいな勢いで、落ちてたカレーをぺろりと平らげた。

「オカワリ」

　そのまま二箱目のJリーグカレーを開けるとごはんにかけてまたぺろり。あっというまにレトルトカレーの空き箱が十、二十と積み重なっていきました。茂みに隠れて覗いていた作家はただただ感心するばかり。

「いやはや凄《すさ》まじい食いっぷりだ。あんな量、わかっちゃいたが自分にゃとても無理だな……」

　とはいえ流石のラモスも人の子か、三十皿を超える頃になりますと苦しそうな顔を見せ始めます。だがそこでこのラモス、懐《ふところ》からなにやら薬みたいな銀の包みを取り出した。封を切ってサラサラと飲み下すと、苦しいのが消えたのか途端に満面の笑みになり。

「ゲンキナカラダヲ　ツクロウ」

　結局四十皿を平らげたラモスは、巧《たく》みなドリブルで森の奥へと消えていきました。一部始終を見ていたまど、飛び出していって草むらをまさぐります。

そうして見つけ出したのは、たった今ラモスが落としていったあの銀の薬包み。

「こいつを飲んだ途端にラモスの調子が良くなった。こりゃあ凄まじい効き目の腹薬に違いない。これさえありゃあカレー十杯なんて屁《へ》でもねえや！」

神様の思《おぼ》し召《め》しだと大喜びのまど、薬とJリーグカレー十箱を持って意気揚々《ようよう》とT氏の元に行きました。

「なんだい、ほんとにやる気かい。十杯なんて食えやしないだろうに。もったいないから食い残しはよしとくれよ」

「まあそう言いなさんな。十杯と言わず二十杯でも平らげてみせますんで」

「三杯も食えりゃ上出来だよまったく」

早速カレーを食べ始めたまど。調子よくモグモグ食べ進めたのも束《つか》の間、二杯を終える頃には早くも青い顔でモグモグモグモグ口で言う始末。ついには意識が朦朧《もうろう》としてカタカタ不気味に呻き始めた。

「なんだいそりゃあ」

「ブラインドタッチですかな……」

「おまえさんは本当に駄目だね……」

「こっから、こっからです」

「なにがこっからだい。もう飯粒一つも入りゃしねえだろうに」

「入りやすよ。ただちょっとね……そうだ、少しでいいんで外の風にあたらしてもらえませんかね？　なんというか、気分を入れ替えたいもんで」

「それくらいならかまやしないけど。降参なら早めに言っとくれよ。残ったカレーはうちで引き取るからさ」

「残りやしませんよ……じゃあちょっと失礼」

庭に出たまどはいそいそと障子《しょうじ》を閉めました。懐から取り出したるは例の薬包み。

「この腹薬がありゃいくらでも食えるんだ。手間はかかったがこれでようやくエッセイが書けるな、へっへっへ……」

勝ちを確信したまど、包みの封を切り、一口で飲み下した。

「おおい。まだかい」

T氏が面倒そうに障子の向こうへ声をかけます。ですがとんと返事が返らない。

「逃げたんじゃないだろうね……。おおーい、どうしたんだい。開けるよ？いいね？」

しびれを切らしたT氏、障子をするすると開きました。ですがそこにいるはずの作家まどの姿はどこにもなく……。

ラモス瑠偉が羽織を着て座っておりました。

そこに突然集まってきた子供達が、声を揃《そろ》えて叫ぶわけです。

「ふりかけ食べると皆ラモス！」

腹薬だと思った包みの正体は、永谷園のJリーグふりかけであったという馬鹿馬鹿しいお話でございます……。
（中央公論名人寄席《よせ》より　演目『羽織のカリオカ』）

○百人の　カレー食う音や　カレー記念日　『小説BOC9』（二〇一八年四月刊）
中央公論新社

野﨑まど（のざき・まど）
一九七九年、東京都生まれ。作家。『[映]アムリタ』で、電撃小説大賞メディアワークス文庫賞を受賞しデビュー。『know』で日本SF大賞候補、『タイタン』で吉川英治文学新人賞候補となった。そのほかの著作に『バビロン』シリーズ、『HELLO WORLD』など。

華麗なるカレー

浅田次郎

中国の旅で暴飲暴食の限りを尽くし、帰国しておそるおそる体重計に乗ったところ、みごと自分史上最高記録を更新していた。

外国旅行は運動量が多いので、食べているわりには太らないというのが持論である。ことに中国においては、これまでハイカロリーの摂取と消費をつつがなく実践し、持論を証明し続けてきた私であった。

中華料理は北上するほど重く濃くなるので警戒を要するのだが、かつて東北を旅しても悪い結果は出なかった。ということは、還暦を前にしてついに代謝機能が衰え始めた、と考えるほかはあるまい。

最高記録の更新には何だって努力が必要である。いったい「最高記録を更新しないための努力」などという逆理が、ほかにあるであろうか。だからこそ、いわゆるダイエットの道は険しいのである。

しかも、私の場合はその逆理にさらなる逆理が伴う。ふつうの人はまじめに働けば働くほどカロリーを消費するのであるが、私の職業はまじめに働けば働くほど肉体の運動量は削減される。早い話が、まじめなサラリーマンはスリムだが、まじめな小説家はデブなのである。

思えば、心臓疾患によりカロリー制限を医師から申し渡されたのは、わずか三年前であった。一日千六百キロカロリー。今や夢である。

そうこう悩みつつ、ポテトチップスを食いながらダイエット番組を見ていると、いかにも信頼の置けそうな大学教授が、「朝カレーダイエット」なる理論を展開していた。

朝食にカレーライスを食べるのである。カレーとご飯をそれぞれ二百グラム。辛口がいいらしい。あとは昼食と夕食を腹八分目。ただし何を食ってもよい。それだけでカレーの成分が代謝を促進して、みるみる痩せるという。

こんなウマい話などあるものか、と疑いつつも、もちろん聞き捨てならなかった。なにしろカレーライスは私の大好物で、朝食どころか三食続いてもいっこうに構わない。ためにインドを旅したときには、この世のパラダイスだと思ったほどである。週に一度の割合で神田古書店街に出没するのは、そりゃ書物を買う目的もあるが、実はその界隈に蝟集《いしゅう》する名門カレー店を渉猟し続けているのである。

というわけで、このウマい話はさっそく実行することにした。きょうで二週間。そろそろ劇的効果が現れるころである。ちなみに、その間ただの一度も体重計には乗っていない。

あちこち旅をして思うのだが、どうやらカレーライスは日本固有の食べ物であるらしい。

世界中のどこの国にも、ありそうでないのがトンカツとカレーライス。コトレッタやシュニッツェルが、わが国のトンカツと似て非なるものであるのと同様、たとえインドでも日本人がイメージするカレーライスにはお目にかかれない。

このふしぎな食べ物の起源については、昭和二（一九二七）年の新宿中村屋「インドカリー」であると一般には信じられているようだが、実はさらに古い歴史を持つらしい。たとえば、明治五（一八七二）年刊行の仮名垣魯文著『西洋料理通』には、「コリードビーフ」なる名称でレシピが紹介されている。

また一方では、明治期に海軍の艦内食として、いわゆる「海軍カレー」が導入された。帝国海軍はイギリス海軍をあらゆる範としていたから、インド発祥のカレーが海軍を経由してもたらされたのは必然であろう。ただしこのカレーに米飯を組み合わせて「掛け飯」としたのは、わが帝国海軍のアイデアかもしれない。カレーライスは兵食に適した高カロリーであるうえ、調理に際して手間がかからず、食器も皿一枚ですむ。まさしく軍艦の厨房で考案された傑作である。

やがて「陸軍カレー」も登場する。こちらの起源がいつであるかは未確認であるが、手元の資料にある限り、大正十（一九二一）年の「歩兵第三十三聯隊献立表」には「ライスカレー」が記載されている。同聯隊の所在地は三重県の津である。陸軍の標準献立は陸軍省糧秣本廠《りょうまつほんしょう》が立案するので、このころには全国の兵隊さんがカレーに親しんでいたのであろう。

参考までに、糧株本廠が各部隊に配布した「軍隊調理法」のうち、昭和十二（一九三七）年版のレシピを紹介する。

「鍋に牛肉と少量のラードと少量の玉葱を入れて空炒りし、約三五〇ミリリットルの水を加え、まず人参を入れて煮立て、馬鈴薯、玉葱の順序に入れ、食塩にて調味し、最後に油粉捏《ゆふんでつ》を煮汁で溶き延ばして流し込み、攪拌《かくはん》す」

なかなか当を得た説明である。まず玉葱をカラ炒りするところなど、芸が細かい。ちなみに「油粉捏」とは読んで字のごとく、ラードと小麦粉とカレー粉を捏《こ》ね合わせた「カレールー」のこと。この時代ならば外来語の禁忌はないが、つとめて横文字を避けるのは帝国陸軍の伝統である。

しかし悲しいことに、昭和十九（一九四四）年に至ると陸軍の台所事情も貧しくなったらしく、「鯨肉カレー」や「兎肉カレー」がレシピに登場する。「ラード」も「食油」という記載に変わる。兵隊さんが楽しみにしていたライスカレーやカレー南蛮も、たぶんまずくなったであろう。

蘊蓄《うんちく》はさておくとして、私の「朝カレーダイエット」は続く。なにしろ朝食にカレーをいただいたあとは、何を食ってもよろしいのである。これならいつまでも続けられる。

ダイエット中に広島へと出張。ホテルの朝食は摂らず、カレー味のカップラーメンを食べるのである。全然苦にならぬ。

帰途に空港で「もみじ饅頭」などは買わず、呉軍港伝統の「海軍カレー」および「広島名産かきカレー・中辛」を大量購入。かつてこれほどアグレッシヴかつポジティヴに、ダイエットを敢行したためしはなかった。おそらく三カ月を経ずして私の体重は、かつて自衛官であった青春時代に復し、サイズが合わなくなったままワードローブに眠っている大量のコレクションも、晴れて日の目を見るにちがいない。

まったくここだけの話であるが、この一年の間に、スーツ、ズボン、ワイシャツのことごとく、糅《か》てて加えて多くの靴や時計までもが使用不能となっているのである。この事態はただのデブではなく、財産の散佚《さんいつ》と言えよう。

編集部や読者からの苦言がない限り、近々に結果をつまびらかに報告する。

けっして情報の隠蔽はしない。

○華麗なるカレー　『パリわずらい　江戸わずらい』小学館文庫

浅田次郎（あさだ・じろう）

一九五一年、東京都生まれ。作家。『地下鉄に乗って』で吉川英治文学新人賞、『鉄道員』で直木賞、『壬生義士伝』で柴田錬三郎賞、『お腹召しませ』で中央公論文芸賞と司馬遼太郎賞、『中原の虹』で吉川英治文学賞、『終わらざる夏』で毎日出版文化賞、『帰郷』で大佛次郎賞を受賞。そのほかの著作に『一路』『流人道中記』『母の待つ里』など。

続報・華麗なるカレー

浅田次郎

開口一番、まずはかれこれ三カ月も続けている「朝カレーダイエット」の経過報告をする。

ルールを復習しておこう。

朝食に必ずカレーライスを食べるのである。原則的には辛口、カレーとご飯をそれぞれ二百グラム。あとは昼食と夕食を腹八分目。ただし何を食べてもよろしい。旅先などでカレーライスを求められぬときは、カレースープ、カレーパン、カレー味のヌードル類でも可である。これだけでみるみる痩せるらしい。

この二十年来、ありとあらゆるダイエットに挑んできたが、どう考えたってこれほどチョロいルールはあるまい。ましてやカレーは大好物なのである。私はいったんこうと決めて始めたことは、なかなかやめない。頑固。執念深い。意地ッ張り。おのれの非を認めぬ。もしくはサル。わかりやすく言うと、運動会の俵引きに際して、いつも最後の一人となって敵陣に引きずりこまれていた。

しかし「朝カレーダイエット」は俵引きのようにすぐには結果が出ぬ。正直のところを言うと、もうカレーは見るのもいやだ。羽田空港の到着ゲートを出たとたん、あたりに立ちこめるカレーの臭いには悪意すら感ずる。もし万が一、インドに出張となったら、どれほど法外なギャランティが約束されていようとも断じて拒否する。

このごろでは、加齢臭ならぬカレー臭が体から立ちのぼっている。加齢にカレーがジョイントした臭いは華麗である。

しかし、肝心の体重はどうかというと、これがふしぎなくらい、ただの一キログラムも減ってはいない。

このダイエット法の提唱者の名誉のために付言しておくと、結果が出ないのはすなわちこの方法がまちがっているのではなく、明らかに私の性格と生活環境がこれに適合していないのである。

まず、昼と夜との「腹八分目」という按配がわからない。齢《とし》をとると食が細くなると言われているが、私の場合は若い時分よりずっと食欲旺盛で、ことにこのごろはほかの欲望がめざましく減退した分だけ、食い物に執着するようになった。つまり、このくらいが「腹八分目」だろうと思って箸を置いても、数年前にはとうてい食いきれなかった分量を食べているのである。

ましてや、毎朝うんざりとカレーライスを食い続けている分だけ、昼夜はカウンタラクティブに、食いたいものをしこたま食ってしまう。なにしろカレーライスを食いながら、昼飯は何にしよう、などと埒《らち》もないことを考えている。

これはまあ、いわゆるイスラム圏における「ラマダン太り」と同じ原理であろう。苦行のあとの反動食いによって、実はふだんよりもカロリーを摂取しているのである。

さらにまずいことには、三本の長篇連載小説が時を同じゅうして佳境に入り、書斎にこもりきりの時間が長くなった。万歩計は電池を切らしたまま机上に眠っているが、長年それを帯用した正確な勘を働かせるに、おそらく一日五百歩を上回ることはあるまい。

というわけで、提唱者の理論とはもっぱら関係なく、体重は変わらないのである。しかし、ふと考えるに、カレーライスを食い続けているから変わらないのかもしれぬ。体重が減らないのではなく、本来ならこの三カ月で三キログラムくらい太るはずが、カレーの効果で抑制されている、というのはどうだ。

きわめて都合のよい解釈ではあるけれど、そう思ったとたん、今度はやめるのが怖くなった。

かくして私はガンジス河畔の苦行僧のごとく、今もカレーライスを毎朝食べ続けている。辟易したときにはこう考える。苦行僧ならずとも、インド人は毎食カレーを食べているではないか。彼らにできて日本人にできぬ道理はあるまい。ましてや朝の一食、何のこれしき、と。

チョロいはずのダイエットは、私の性格と生活には適していないらしい。そうとは知らず、思いもよらぬダイエット・スパイラルに嵌《は》まってしまった。

ところできのうの夕昏どき、散歩をかねてカウンタラクティブにみずから惣菜を買いに出かけた。狙いはカレーより好きなテンプラである。

久しぶりに顔を合わせた惣菜屋のおやじは、「おっ、ダイエットしたね」と言った。

怪談である。彼が私の連載エッセイの一篇「華麗なるカレー」を読んでいる可能性は低い。だとすると、社交辞令というやつか。

久しぶりに会った女性編集者に対して、私もしばしばこのようなことを言って糠喜びをさせる。しかしやっぱり、テンプラを揚げながら口にする文句でもあるまい。

そこで、急激かつ劇的にカレーダイエットの効果が出たのではないかと考えた私は、しこたまあれもこれもと買うところを、「腹八分目」とおぼしきあたりにとどめ、家に帰るやたちまちパンツまでかなぐり捨てて体重計に乗った。

個人情報につき、何キログラムとは言わぬ。しかし、ピタ一キロ減ってはおらず、数字は自分史上最高記録の前後を示していた。

パンツもはかずに懊悩した。(おっ、ダイエットしたね) というおやじの声が、呪文のように頭をめぐった。考えこむうちに、エコーがかかってきた。

ダイエット、ダイエット、ダイエット……。

ついにダイエット・ノイローゼか。精神科のホームドクターに連絡すべきかどうか、私は迷った。惣菜屋のおやじが何の根拠もなしにそんな不用意な発言をするはずはない。つまり、カレーダイエットに執心するあまり、（おっ、ダイエットしたね）という幻聴に遭遇したのであろう。

身なりをきちんとすれば、着ヤセをするタイプである。しかし、スーツを着てテンプラを買いに行ったわけではない。

これはまちがいなく幻聴だと頭を抱えること数分、すばらしくクールな解答が閃いた。

今年は新刊の販促だの映画の宣伝だので、しばしばテレビに顔を晒《さら》している。このごろの画面はどんな顔でも幅が広く映るのである。その証拠に、スタジオで会うアナウンサーやキャスターのみなさんは、テレビで見るよりずっとスリムなのである。

久しぶりに会った惣菜屋のおやじは、テレビで近ごろ見かけた私と比べて、「お、ダイエットしたね」と言ったのだ。

かにかくに、こうしてうじうじと考え続けること自体、すでにノイローゼなのかもしれぬ。

数日後にはセルビアのベオグラードで、国際ペン大会が開催される。かの国では「朝カレーダイエット」を中断するほかはあるまいが、帰国後の体重が今から怖くてならない。

やっぱり、ノイローゼ。

○続報・華麗なるカレー　『パリわずらい　江戸わずらい』小学館文庫

私的カレーライス雑考

安西水丸

昨年、一九九七年の夏、生まれてはじめて梅干しをつくった。ぼくは五十五歳、すでに初老（もう立派な老人かな）という年齢になっていた。

梅干しといっしょに紅生姜《べにしょうが》もつくった。今までに辣韮《らっきょう》は漬けたことがあるが、梅干しづくりにはさまざまな行程があるため、つい足踏みしていたのだ。

夏の土用干し、梅の紅く漬かった肌に塩が吹き出しているのを見ていたら、むしょうにカレーがたべたくなった。実は今までに辣韮を漬けたのも、昨年、はじめて梅干し、紅生姜つくりに挑戦してみたのも、すべてカレーを食べる時の付け合わせのためだったのだ。ぼくはここでカレーについて私的に起きたできごとや感じたことを書こうとしている。

生まれてはじめてカレーを食べたのは、たしか戦争（太平洋戦争）が終わって間もない頃のような気がするのだが、どうもそのあたりの記憶は今一つはっきりとしない。

カレーを食べた時のことではっきり憶えているのは、食べていた足もとに、兄が東京土産で買ってきてくれた大相撲の軍配があったことだ。玩具の軍配は今でも持っているが、それには昭和二十二年の印刷年号が入っている。ぼくが五歳の年だ。ちなみにこの年の大相撲は秋場所のみで、羽黒山政司が十勝一敗で優勝している。三賞は殊勲賞が出羽錦、敢闘賞に輝昇、技能賞は増位山（初代）だった。

カレーに話をもどすが、その時（五歳でカレーを食べた）のことを、ぼくはかつてある雑誌に次のように書いている。

——外が明るくて、陽ざしが強かったので七月の頃の昼食かもしれない。とにかくぼくははじめてカレーを食べて、そのなんともいえない味にびっくり仰天し、昼がどこかへ飛んでしまった。カレーは食における黒船だった。

と、いうことだ。

ぼくは子供の頃によく病気をした。気管が弱かったのか四季を問わず風邪ばかりひいていて、しかも偏食でがりがりに痩せていた。母親はそんな僕になんとか栄養をつけようとおもったらしい。

栄養ということで、そこに肉というものが登場する。ところがぼくは肉と聞いただけで拒絶反応を起した。

後になって知ったことだが、母親がぼくにカレーを食べさせたのは、なんとかこの肉を食べさせようという、まさに苦肉《くにく》の作戦であったらしいのだ。

まずはその時暮していた南房総の千倉で、当時は栄養の王様的存在だった容易に手に入る栄螺《さざえ》を入れたカレーからはじまった。千倉は海の町なので魚介類は豊富だった。栄螺のカレーなどというと誰もがそれは贅沢なことだと口を揃えて言うが、千倉という土地では肉より栄螺の方がはるかに簡単に手にはいったのだ。

カレーには栄螺の他、烏賊《いか》や海老《えび》、時にはムール貝なども入れた。カレーといっても母親が作るもので、基本的には小麦粉とカレー粉（缶に入ったSBカレーだったと記憶している）を使い、それにジャガ芋、人参、玉葱などを加えて作る、俗に言うおふくろのカレーだ。

いずれにしても母親の作戦は成功した。シーフード・カレーではじまったぼくのカレーは、その後肉入りでも食べるようになり、小学生になった頃は、完璧なカレー好きになっていた。早い話が（遅くとも同じだが）カレー中毒になってしまっていたのだ。

カレーには強い刺激がある。子供の頃からそういった刺激をとることは、その後の味覚の感覚をおかしくしてしまうのではないかとおもわれがちだが、そこがカレーの偉大なところで、カレーはあれだけ子供の舌を刺激しておきながら、さらに他の味覚への優れた味感覚を養っていく。カレーには、ローマと同じ、一日にしてならずといった歴史があるのだろう。

驚いたことに、小学生の頃などは、カレーを食べて学校へ行くと頭がすっきりと冴えわたり（少しオーバーですね）、試験ではかなりの点数が取れた。しかしこれはまったくの事実で、今でもあまり口に合わない（例えに挙げて申しわけないがフランス料理など）料理を食べながら対談などすると、あまりいい言葉が出てこない。そこにカレーがあったら違う。ああ、ぼくはどうしてこんなに的確な言葉が出てくるんだろうと、まるで神がかりになった自分を感じたりしてしまうのだ。ポパイにホーレン草、水丸にカレーといったところだろうか。

東京では、あちこちの店でカレーを食べている。好きな店も多く、蕎麦と違って、カレーなら多少まずくとも我慢できる。旅に出た時でも、国内外を問わずカレーのある店があればたいてい入る。週に一回母校（日大芸術学部）で講師をしているが、そこの学生食堂でもよくカレーは食べる。今は二五〇円、ぼくの学生当時は五〇円だった。

東京のカレー店のベスト10はすでに口のなかにでき上がっているし、大阪、京都（他の都市も同じだが）に出かけても、それなりのベスト5くらいはできていて、仕事で出かけることがあっても楽しみの一つにはお気に入りのカレーを食べることも入っている。

外国の旅でいえば、東南アジアへの旅はまずカレーが食べられるという安心感が気持を高める。よく出かけるニューヨークにもおいしいインドレストランが多く、特にカレーは絶品が揃っている。マンハッタンで一番好きだったのは43ストリートの六番街（別名アベニュー・オブ・アメリカス）にあった「インディア・ダンシング」（嵐山光三郎氏を誘った）という店だったが、惜しいことに数年前に閉店してしまった。あれだけの味のレストランだから、きっとどこか場所を変えて営業しているのかもしれないが、今やぼくにとって「幻のインディア・ダンシング」である。ちなみにぼくはその近くのビルで二年間グラフィックデザイナーとして働いていた。

ニューヨークといえば、数年前作家の百瀬博教氏と入ったインドレストラン「ニルバーナ」のロケーションは素晴しかった。窓の下には五月のセントラルパークが青々と広がっていた。そういえば、レジスターにいた哀しそうな顔をしたインド女性はまだいるのだろうか。

ロンドンにも、イギリスとインドといった歴史的関係上おいしいインドレストランは多い。パリ……。ここにもあるだろうけれど、ぼくはまだパリでは日本レストラン（たしか「大阪屋」とかいった）のカレーくらいしか食べたことがない。おそらくああいう口調で喋るフランス人にはカレーの味はわからないだろう（問題発言かな）。

まだ本場インドには行ったことはないが、シンガポールのインド人街ではカレーを食べたことがある。ここにはレストラン以外にもカレー食品を売る店が多く、あれも欲しいこれも欲しいといった気分になる。もちろんカレーには本場の味（何が本場だかわからないが）がたっぷりと染み込んでいる。

ぼくがはじめてシンガポールを訪ねたのは十一月で、その頃は雨期になるらしく、街を歩いていると時折り凄まじいスコールがやってきて驚かされた。

スコールを眺めつつ、ビールを飲みながらのカレーはこの上なく旨かった。サリーを身につけた若いインド女性が、スコールのなかをびしょ濡れになりながら裸足で歩いていたのが印象的だった。

日本の場合、どうも伝統料理のある土地にはおいしいカレー店は少ない。まったくないと言っているのではなく、少ないといっているので誤解されないように。伝統料理の多い土地、それは例えば京都や金沢などだ。

伝統料理うんぬんと書いているが、むしろ京都や金沢にはカレーは似合わないといった方がわかりやすいかもしれない。そういったことからあまり京都や金沢ではカレーを食べたいとはおもわない。滞在していても我慢してしまう。当然禁断症状が起きてくる。帰京するや冷汗を流しつつ（またまたオーバーですね）いつもカレー店ベスト10の一番と決めている店にタクシーをとばし、ほっと溜息をつく。まったく困ったものだ。

東京、大阪は別として、カレー店はどこか港町が似合う。小樽、横浜、神戸、なんとなく地名を口にしただけでカレーを食べたくなる。カレーが異国の料理だからだろうか。

時々若い女性（若くない女性も同じだが）などに、食べ物は何が好きかと訊かれることがある。

「水丸さん、食べ物はどんなものがお好きなんですか？」

日本の女性言葉はなかなかいい。

「ぼくですか、カレーライスです」

そう言った瞬間、たいていの女性がくくくと笑う。その笑いは、なんというか、つまり、おかしいといった笑いにおもえて気に入らない。ぼくとしてはカレーを好きで何がいけないかと内心言いたくなる。どうもカレーというのは、いい大人が嗜好食としては挙げてはおかしいものらしいのだ。気に入らない。

そんなことをある料理誌の対談で、友人である料理を語らせたら右に出る者はいない（左に出るくらいならいるだろうが）評論家の山本益博氏に話したところ彼は次のようなことを言ってくれた。

「僕、水丸さんに協力するよ。僕が（カレーライス地位向上委員会!!）副会長で、水丸さんが会長になるってのは、どう？」

会長はともかく、うれしい言葉だ。

もう一つ（何がもう一つだか意味不明ですね）、ぼくはどちらかというとカレーライスにこだわっている。どこで（国内外を問わず）カレーを食べても、カレーといっしょにはいつもライスを食べる。カツカレーなるものがあるが、それも食べない。もちろんコロッケカレーも食べない。カレーに生たまごを入れて食べる人がいるが、それも気持わるい。

あるカレー好きな女性が言っていた。

「わたし、カレーに生たまごをいれて食べている人を見ると、あなたにはカレーを食べる資格がない、と言ってやりたくなるんです」

大いに同感である。

カツカレーというのは往年の巨人軍の名選手だった千葉茂氏がポークカツの上にカレーをかけたのがはじまり（その店は銀座の「グリル・スイス」という店だったらしい）だといわれている。まあパワフルなプレーをした千葉茂氏らしい逸話ではある。

友人の嵐山光三郎氏とカレーを食べた時、彼はカツカレーを注文した。

「嵐山、カツカレー好きなんだ」

ぼくは一人よがりな、それでも自分としては素朴な疑問を口にした。

「好きとか嫌いとかじゃなく、これは思想の問題だ」

嵐山に一喝された。わかるような、わからないような。ちなみに嵐山氏は千葉茂のいた巨人（大の）ファン。ぼくはアンチ巨人です。

そんなわけで、カレーでもそれぞれに好みがあって面白い。

もう一つ（またもう一つが出てしまった）、ぼくは辛いカレーが好きで、辛くないとどうも食べた気がしない。まったく食べた気がしないわけではないが、どちらかといえば、やはり辛い方がいい。食べていて、汗が吹き出してくるくらいの方が好きだ。数年前のことだが、これも仕事で一週間カレー（選んだ店はどうしても辛いカレーを食べさせるところになった）を食べつづけたことがあった。とにかく仕事だから朝は別として昼夜を一週間カレーを食べつづけた。カレーに弱い人なら聞いただけで気分が悪くなるだろうが、ぼくとしては喜々としてこの仕事に挑んだ。たいてい昼に食べると、あるいは前日にカレーを食べると、その後は他のものが食べたくなるのが普通なのだろうが、ぼくはその点が違っていた。昼に食べても夜になるとまた食べたくなるのだ。いやはや……。

とにかく一週間食べつづけた。最後はその仕事（某小説誌の仕事だった）の担当者U君の家で奥方の作ったカレーで締めた（U君の奥方はパリで料理を学んだという知る人ぞ知る女性料理研究家）。これがまたおいしくて、テイクアウトまでしてしまった。

このときぼくの書いた締めの言葉は次のようなことだった。

――これだけ（一週間食べつづけたということ）カレーを食べつづけて出た結論。身体がしゃきっとして実に健康になった。カレーはやっぱり奥が深い。

こんな具合だから困る。

先日、ある総合雑誌のカラーグラビアの企画で電話があった。

「あの、最後の晩餐という企画なんですが、登場していただけませんでしょうか」

編集者の言葉に、「カレーでよろしかったら」とぼくは答え写真を撮られることになった。

最後の晩餐は、カレーライスに西瓜を一片、それに冷たいコップの水一杯と決めていたのだ。

どんなところのカレーを前にして写真を撮られようかとあれこれ考えた。当然のように、ぼくの東京におけるカレー店ベスト10がうかんだ。しかしいざとなると専門的なインド料理店などは照れが入ってきてその気になれない。結局カレーは青山の仕事場に近い蕎麦屋さんのものに決めた。

昼下がり、その蕎麦屋さんは休息時間に入る。その時間を利用して撮影に入った。

白い皿に盛られたカレーライス。玉葱やジャガ芋や人参が入り、細切れのポークもある。皿の端にはコカコーラ・レッドの福神漬が一つまみ置かれている。コップに冷たい水、そして西瓜が一片。なんとも優雅なぼくの最後の晩餐だとおもった。

○私的カレーライス雑考　『カレーを食べに行こう』平凡社

安西水丸（あんざい・みずまる）

一九四二年、東京都生まれ。イラストレーター、作家。朝日広告賞、毎日広告賞、紀文おいしいイラスト展特選、日本グラフィック展年間作家優秀賞、キネマ旬報読者賞を受賞。主な著作に『メランコリー・ララバイ』『ちいさな城下町』など。二○一四年没。

「どっちかカレー」現象

穂村　弘

先日、或る編集者と御飯を食べながら打ち合わせをしていたときのこと。不意に彼女が云った。

「カレーは温かいのがいいって云う人が多いけど、私は御飯かルウのどっちかが冷たい方が好きなんです」

「おおっ、俺もです！」

興奮のあまり、思わず一人称が「俺」になってしまった。だって、人生の四十五年目にして初めて出会ったのだ。「御飯かルウのどっちかが冷たいカレーが好き」。そう断言するひとに。仲間だ。私は小学校時代の同級生と小田原城の天守閣で偶然再会したとき以来の「まさかこんなところで友に会えるとは感」に襲われた。

「温かい御飯に冷たいルウ！」

「冷たい御飯に温かいルウ！」

私たちは盛り上がった。それにしても、このような組み合わせの「どっちかカレー」の良さは一体どこにあるのだろう。熱さを気にせずにぱくぱく食べられるところか。確かにそれもあるけど、なんだかカレーライスの味自体も、「どっちかカレー」の方がよくわかるような気がするのだ。食べ物にはそれぞれの風味に対する最適口内投入温度ってものがあるのかもしれない。

などと理由を探りながら、しかし、改めて考えてみると、このような私の好みはカレーの場合に限らないことに気づく。なんというか、食べ物についての微妙に詰めの甘い趣味とでもいうものに、自分は長年支配され続けてきたと思うのだ。

子供の頃から、しけったお煎餅《せんべい》が好きだった。「しけっちゃうから、ちゃんと蓋《ふた》しなさい」と云われるたびに、「しけった方がしんなりしておいしいのに」と不満かつ不思議に思っていた。でも、あまりにも確信に充ちた大人たちの口調の前に、その気持ちをはっきりと口に出して云うことができない。

或いは、気の抜けた炭酸飲料。一晩おいて優しさと甘みを増したコーラやファンタやキリンレモンは、奇妙なおいしさをもっていた。十年ほど前だろうか、初めて微炭酸という種類の飲み物をみつけたとき、あっ、と思った。やっぱり、という気持ちだ。気の抜けた炭酸がおいしい、と思っていたのは昭和四十年代。時代が私に追いつく（？）までになんという長い時間がかかったことか。

お煎餅や炭酸飲料以外の、より一般的なレベルでも、ケーキよりも菓子パン、高級なトリュフチョコレートよりもピーナツチョコに惹かれてしまうのだが、さらに考えを進めてみると、このような嗜好《しこう》性はどうやら食べ物に関してだけではないことに思い至る。

例えば、古いモノが好きと云いつつ装飾的なランプみたいな堂々たるアンティークは自分と無関係に思えてしまう。非常に洗練されている（らしい）音楽をきくと耳がついていかなくて苦しい。またあまりにもファッショナブルなモデルをみると綺麗《きれい》と思えなかったり、極度にスタイルの良い女性をみると性欲が起こらなかったりする。それよりも美人がぼろい格好をしていたり、普通の女の子がお洒落していたりする方にどきっとするのだ。これらもまた広い意味での「どっちかカレー」現象とは云えないだろうか。

○「どっちかカレー」現象　『君がいない夜のごはん』文春文庫

穂村弘（ほむら・ひろし）

一九六二年、北海道生まれ。歌人。歌集『シンジケート』でデビュー。歌論集『短歌の友人』で伊藤整文学賞、「楽しい一日」で短歌研究賞、絵本『あかにんじゃ』（絵・木内達朗）でようちえん絵本大賞特別賞、エッセイ集『鳥肌が』で講談社エッセイ賞、歌集『水中翼船炎上中』で若山牧水賞を受賞。そのほかの著作に『蚋足ノート』『迷子手帳』など。

カレーパンの空洞

東海林さだお

カレーパンは妙に気になる食べ物だ。

自分で買うことは滅多にないが、人が食べていると気になる。

一口、かじらせてもらいたくなる。

だが、大抵の人はかじらせてくれないから、じっと我慢をすることになる。

我慢して、次の機会には絶対に買おうと思う。

ところが、いざパン屋に行って、トレイと例の超大型ピンセットみたいなものを構えて、クリームパンを一つ、ジャムパンを一つ、と挟んでいくと、やがて目の前にカレーパンが現れる。

当然、カレーパンを挟むことになるはずなのに実際はそうはならない。

（こいつもいい奴なんだが、ま、またこんどね）

と次期見送りになってしまう。

なんなんですかね、あれは。

いつも見送りになってしまう要因は。

やっぱり外観ですかね。

茶褐色で、トゲトゲしていて、しつこそうで、油っぽくて、一癖も二癖もありそうな問題児的イメージ。異端を少しもない虞《おそ》れない確信犯的風貌。

「およしよ、かかわると面倒なことになるよ」、と、人に袖を引かれそうな姿、形。

そうしたものに、人は恐れをなして思わず手を引いてしまうのだろうか。

しかし、意を決して、買って実際につきあってみると、なかなかいい奴なんですね。

カレーパンは、一緒に買ったジャムパンやクリームパンなどとは別に、別袋に隔離されて渡される。

(やっぱり問題児なんだ)

と思いつつ、袋から取り出して食べてみる。

手に油がつかないように、ビニール袋で押さえて、頭部だけ露出させてかじる。

こうすれば、絶対に手に油はつかないはずなのだが、ビニール袋を手で押さえている間中、手に油がしみこんでくるような錯覚にとらわれる。

そのぐらいの油の感じが強い。

意外にも、実際に食べてみるとそれほどでもないことがわかるのだが……。

カレーパンは、木の葉型というか、紡錘形というか、あの形のものが一番よい。最近は、アンパン型が多数派を占めているが、あれらはよくない。

カレーパンを手に持って口のところへ持っていく。

まず鼻腔をくすぐる揚げたパン独特の甘くて香ばしいドーナツ風の香り。そして次に、カレー粉っぽいカレーの香りがくる。

ビニール袋から突き出た、とんがった紡錘の尖端をかじりとる。

そうすると、「さあ、これでオマエは、もうどうにもならなくなったろ」というような、なんかこう、相手の急所をかじりとったような勝利感を覚える。

丸いカレーパンには、この勝利感はない。

嚙みしめると、揚げたパン独特の、歯にしがみつくような弾力があって、皮にかなりの甘みがあることに気付く。

それからややあって、カレーの味になる。

ふつうのカレー料理を食べるときは、カレーがいきなり舌や口腔を刺激することになるが、カレーパンはカレーがパンの中に内包されている。

そのため、カレーの味はパンの味のあとになる。

この、ほんの一秒ぐらいのズレが、カレーパンの味である。

かじりとったあとを見ると、カレーパンは、いったんヘニャリとひしゃげ、そのあと、自力でムックリと立ち直る。

するとそこに空洞ができる。

パンの底のところに、ほんのちょっぴりカレーの塊があって、その上はかなりの空洞だ。

われわれの世代は、一般的に言って、食品の空洞に対してはかなり批判的な世代である。憎しみを持っていると言ってもいい。

アンパンの空洞、カキフライの空洞、タイ焼きの空洞、いずれもそこに邪悪なものを感じる。商人の阿漕《あこぎ》を感じる。

カレーパンの空洞にだけは、不思議なことにそうしたものを感じない。

カレーパンの空洞は故《ゆえ》あっての空洞である。

正しい空洞である。

善良性を帯びた空洞である。

そういうふうに思えてならない。

空洞がいとしくさえある。

その空洞がおいしい。

空洞に味がある。

カレーパンの空洞を、よしとするこの感覚、これは一体なんでしょうか。

まず第一に考えられるのは、あれは微量のカレーで十分満ちたりている、十分パン一個まかなっていける、そういう自信ではないだろうか。

実際に、これまで、カレーパンの内部のカレーの量が少なくて苦しんだ、悲嘆にくれたという経験が一度もない。それほど、あの中のカレーは、甘みもからみもかなり強い。

ゴハンにかけて食べるカレーとは、まったく違うもののようだ。

クリームパンなどは、いつもクリームの不足を嘆きつつ、パン一個を食べ終えることになるのだが、そういうわけで、カレーパンにはそういう心配が少しもない。いつだって安心だ。

そこからくる余裕が、カレーパン内部の空洞を、「ま、いいだろ」と認めることになり、それがやがて美化されていって、「空洞がいとしい」というところにまで発展していくのである。

カレーパンのカレーは、カレー粉そのままのような、ザラザラした粉っぽさがあって、それが不思議に揚げた甘いパンの味に合う。

市販の缶入りカレー粉を小麦粉で練り、ゴマ粒のような豚肉、タマネギ、ニンジンで炒め、甘みを加えるとああいう味になる。

カレーパンはなぜ揚げてあるのか。

この問題を解明するために、ハンバーガー用のパンにカレーを詰めて食べてみました。

実にもう索漠とした味で、「ああそうですか」というよりほかはないしろものだった。

カレーパンはやっぱり油。嫌われても油。

食べ終わったあと、ティッシュで口のまわりを拭い、手を拭き、なにか被害はなかったか、と衣服を見回したりするところが、カレーパンのおいしさであるらしい。

○カレーパンの空洞　『鯛ヤキの丸かじり』文春文庫

東海林さだお（しょうじ・さだお）

一九三七年、東京都生まれ。漫画家、エッセイスト。『タンマ君』『新漫画文学全集』で文藝春秋漫画賞、『ブタの丸かじり』で講談社エッセイ賞、菊池寛賞、『アサッテ君』で日本漫画家協会賞大賞を受賞。そのほかの著作に『マスクは踊る』『カレーライスの丸かじり』など。

カツカレー嫌い

稲田俊輔

カツカレーが嫌いです。

この話を書き始めるにあたって、僕は小一時間悩みました。「嫌いです」と言い切ってしまうのはいかがなものか。せめて「実はカツカレーがちょっと苦手です」くらいの穏やかなトーンで始めた方が良いのではないか、と。

昨今、趣味嗜好に関して「嫌い」という言葉を軽々しく使うべきではない、という意見をよく聞きます。誰かにとって「嫌い」なものであっても、それは他の誰かにとってはとても大切で尊いものかもしれない。その人がたまたまその「嫌い」という感想を目にしたらあまりに悲しいではないか、という論旨。個人的にその考えはもっともだと思います。ネットの時代が産んだ新しい形の優しさだとも思うのです。しかし、と今回、僕は思いました。そうであっても時には、あえて強く言い切らないと伝わらないこともあるのではないか、と。だからこれは先に全力で言い訳しておきますが、僕は、世の中に数多いるであろうカツカレー好きの人々を否定する気は全くありませんし、カツカレーそのものを否定する気もありません。むしろ僕は本当はカツカレーのことを好きになりたいのです。

昔からカツカレーが嫌いだったわけではありませんでした。いや、より正確に言うと、カツカレーが嫌いだということに気づいたのは比較的最近、せいぜいこの十年以内くらいのことだったようにも思います。

かつてある友人がこんなことを言っていました。

「日本人は、カレーを見ると必ずそこに何か載せたくなる民族なんだよ」

けだし名言だと思います。そしてその「カレーに載せる何か」として、カツは押しも押されもせぬチャンピオンでしょう。そしてそもそも僕はカレーが大好きです。そしてカツも大好きです。大好きなカレーに大好きなカツが載っているなんて、普通に考えれば幸せ以外の何ものでもありません。若かりし日の僕は（おそらく今も昔もほとんどの若者がそうであるように）その幸せな「カツカレー」の吸引力に抗うことはできませんでした。カレーを食べる時、懐具合さえ許せば必ずと言っていいくらいカツカレーを選択していたと思います。カレーとカツカレーのお店での差額はだいたい三百円くらいだったでしょうか。常に薄かった財布と相談し、腹を括ってカツカレーを注文した瞬間の気分の高揚ったらありませんでした。

しかし。今になって思えばその高揚は、思い切って注文したカツカレーの配膳を待つ、その間だけだったような気がするのです。時を置いていよいよ到着したカツカレーを目の前にして、その高揚はまさにピークを迎えます。しかし実際にスプーンを手にしてそれを食べ始めると、なぜかその高揚は急激に衰えてしまう。

もちろんマズいわけではないのです。むしろおいしい。すごくおいしい。大好きなカレーと大好きなカツを一度に食べられるのだからそれはおいしいに決まってます。でもそのおいしさは、なぜかその期待を必ず少しだけ下回るのです。食べる前は1＋1が3になるくらいの期待を抱いているのに、実際は1.5でしかない感覚、と言えば伝わるでしょうか。そんな微かな失望と共に食べ進めるうちに今度はなぜかうんざりし始めてしまう。繰り返しますがマズいわけではないのです。むしろおいしい。でも結局最後までどこか釈然としない思いを抱えたままで食べ終えてしまう。

そんな経験を何度も何度も何度も繰り返してきました。ある意味では失敗。しかしそれを失敗と見做さずひたすら繰り返してきたのは、決してマズいわけではないという厳然たる事実と、大好きなカレーと大好きなカツの組み合わせが間違っているはずはないという強固な思い込みによってだったと思います。

しかし僕はある時気づいたのです。確かに自分はカレーもカツも大好きだ。しかしそのことは必ずしもカツカレーが好きであることを意味するわけではない。むしろカツカレーは嫌いだと認めることこそが正しい認識なのではないか、と。言うなればパラダイムシフトです。この気づきによって僕とカツカレーの関係性は明瞭なものとなりました。

それ以来、僕はカツカレーを食べることをぱったりと止めてしまうことになります。例えばお気に入りの洋食屋さんで、僕はまずカツの単品をオーダーします。状況が許せばビールの一本と共に。それをゆっくりとやっつけた後、おもむろにカレーライスを注文します。これが僕にとってまさしく理想のカツカレーということになるのです。1＋1が1.5にしかならないなんてことは絶対にありません。むしろそのゆったりとした時の流れも加勢して、それは2どころか3にも4にもなるのです。僕にとってのカツカレーとはそういうもので良いのだ、というある種の悟りと言ってもいいのかもしれません。

そんな悟りの時代が少なくとも十年は続きました。しかし。数年前、なぜかふと僕はその状況に改めて疑問を抱き始めたのです。カレーは日本の国民食。その頂点に君臨するのはやはりカツカレーなのではないか。そしてそれは単純な「妬み」でもありました。多くの日本人が愛するカツカレー。それを素直に楽しめない自分は何かものすごく損をしているのではないか、と。そして改めてもう一度、今だからこそ、真剣にカツカレーに向き合うべきではないのか、と。

幸いなことに僕の周りにはたくさんの「カレーマニア」が存在しました。その中には、インドカレーだけではなく欧風カレーやタイカレーなども含めてカレーと名のつく食べ物全てを深掘りしている博愛主義的な人々も少なくありません。そんな彼らのブログを改めて読み漁ったり、時には直接彼らに「おすすめのカツカレーありませんか？」と尋ねたりして、僕の唐突なカツカレー行脚《あんぎゃ》、カツカレー再発見の旅が始まったのです。

博愛主義的カレーマニア諸氏の薫陶を受けて巡った数々のカツカレーは、確かにどれも素晴らしいものでした。カツカレーにはざっくり分けて二つのパターンがあります。カレー屋さんがカツをトッピングしているものと、とんかつ専門店がカツカレーを提供するパターン。その時のカレー行脚で印象的だったのは、どちらかというと後者の方でした。一般的にとんかつ専門店のカツカレーの多くは、もちろんカツは申し分なくおいしいのですが、カレーはちょっとお座なり、というか特に特徴もないことが多いように思います。しかしカレーマニア諸氏の薦めるとんかつ屋のカレーはどこもさすがに一味違いました。おいしいに決まってるカツと、想像を超えておいしいカレーの組み合わせ。こういう世界もあったのか！　という衝撃が確かにありました。

しかし。そういう珠玉のカツカレーに続けざまに出会っても、結局、僕の思いは根本的には変わらなかったのです。

「この当たり前にすごくおいしいカツと、予想を超えておいしいカレー！　できることならそのそれぞれを別々に食べたい！」

カツカレーにおけるカツの配置の仕方やカレーのかけ方には様々なスタイルがありますが、最も一般的なそれは、ライスにカツがのっかり、そのカツに多少の余白を残しつつ上からカレーがかけられているものでしょう。そういうカツカレーのカツを持ち上げると、当然、白飯がむき出しになります。本来であればその白飯はカレーにまみれていたはずなのに、そのカレーは全部カツに持っていかれてしまうわけです。しかもその白飯の表面にはカツのパン粉屑だけが馬鹿にしたように取り残されている。この光景を目にする度に僕はそこに憎しみすら感じてしまう。カツとカレーそれぞれがおいしければおいしいほど、その憎しみは増してしまうのです。

カツカレーが、嫌いです。

○カツカレー嫌い　『おいしいものでできている』リトルモア

稲田俊輔（いなだ・しゅんすけ）
鹿児島県生まれ。料理人。南インド料理専門店「エリックサウス」総料理長。レシピ本のほか、エッセイも多く執筆している。主な著作に『食いしん坊のお悩み相談』『ミニマル料理』『異国の味』『現代調理道具論』など。

座談会　カレーライスは偉大である

中野不二雄
安西水丸
泉　麻人

カレー中毒患者

泉　中野さんが最初にカレーを食べたのはいつごろですか？

中野　記憶にないくらい小さい時だと思いますよ　おふくろの作ってくれたカレーライスです。いまは私が家族のために作っています。カレーは好き勝手に作るのがいちばんだから、かみさんにはほとんど手を出させない。

安西　かみさん、厨房に入るべからずですか。どんなカレーを作るんです？

中野　海外取材に出たときに、シンガポールのインド人街なんかでパウダーを買ってくるんです。それをつかって細かく切った人参と野菜と一緒に、鍋でグチュグチュ煮込むんですよ。そもそもはボーイスカウトのキャンプの時に作ったのが最初で、以来病みつきです。

安西　キャンプのカレーっておいしそうだね。

中野　でも、すごいカレーができあがっちゃうんです。蟻《あり》んこが浮いてたり、最後にカレーを鍋からすくうと、底にたまった砂の音がジャリジャリ。

泉　キャンプって、カレーライスがやたらに多くありませんか。

中野　辛い食べ物は腐りにくいから、きっと食中毒の心配がいらないんですよ。

安西　栄養価の点でも、肉とか野菜がバランスよく入っているから、親が安心できるんです。実は僕も肉が食べられない病弱な子供だったんですけど、おふくろがカレーに肉を入れて、初めて食べることができた。僕はカレーで育ったのかも。

中野　その身体は全部カレーですか。

安西　僕は縦に大きくなりましたが、中野さんは横にも大きくなった（笑）。

泉　どのくらいの頻度でカレーを食べますか？

安西　僕はね、気がつくと昨日もカレーだったたってことがよくあって、一日置きぐらいに食べてますね。食べないでいると頭がおかしくなるような気がする（笑）。

中野　身体が求めるんですね。

安西　そう、そう。「カレー」という言葉を口にしちゃうと、もう駄目。

中野　カレー中毒患者ですね。

安西　カレー密売人というのがいたら、思わず買ってしまうな。

中野　カレーやめますか。それとも人間やめますか（笑）。

泉　昔、東映フライヤーズに尾崎っていうピッチャーがいましたよね。あの人がインタビューの中で、「毎日カレーを食べてます」って言ってたのを妙に憶《おぼ》えてる……。

安西　総理大臣だった池田勇人さんも大のカレー好きで、毎日のように食べていたらしい。喉頭ガンで亡くなった時、カレーとの関係が取り沙汰されたりして。

中野　池田総理とカレーライスを食う会とかありませんでしたっけ。

安西　あった、あった。

泉　『おそ松くん』という漫画の中でもカレー王国の王子というのが出てきて、その脇で池田勇人が「カレーを食え」と言ってた（笑）。「貧乏人は麦を食え」という名（？）セリフのもじりですね。池田総理もカレー中毒だったんですね。

安西　でも、ガンとカレーは関係ないんでしょう？

泉　かえって、身体にはいいんじゃないですか。

安西　カレーが好きなひとで、あまり太ってる人っていないでしょう。相撲取りにカレーを食わしちゃいけないとかいわれそうですけど。

中野　もちろん僕は例外ですね（笑）。

泉　中野さんはいっぺんにカレーライスを二杯ぐらい食べちゃうんでしょう。

中野　あんまりいじめないで下さい。僕はこれでも一生懸命抑えてるんです。（笑）。でもカレーって食べすぎちゃいません？

安西　だから僕は意図的に食べる量を抑えますよ。大盛りなんて絶対にしない。カレーのスパイスには発汗作用もあるし、量が少なければ平均的な体重をキープできるんじゃないかな。
泉　インドの人とか韓国の人とか、先祖代々辛いものを食べている民族はスリムですよね。
中野　女性も美人だしね。
泉　「インドカレー、毎日食べればスリムになれる」って広告に出せば、エステティックサロンが経営できそうですね。
中野　インドカレー痩身法。
安西「キムチと併用すれば、効果は二倍」ってね。
泉　その場合は、正真正銘、本場のインドカレーでなくちゃいけないんでしょう？　僕はマレーシアでは食べましたけど、本場のインドではカレーって食べたことないんです。

中野　僕もインドは行ったことがない。本場のカレーって食べたことはないですね。

安西　かつてヨーロッパを旅行していた時に、どうしてもカレーが食べたくなったから、TWAをキャンセルして、エアインディアに変更したことがあるんです（笑）。エアインディアに乗れば絶対にインドカレーが出るだろうと確信してたら、果して出てきた。でも僕らが食べたかったものからは程速い、香辛料がやたらと強いカレーで、かえって気持ち悪くなっちゃった。これだったら、TWAの普通の機内食の方がまだよかったかなと思いましたよ。それまで日本のカレーしか食べたことがなかったから、その時のカレーは口に合いませんでしたね。

中野　それはたまたま下手なコックだったんでしょう（笑）。でも安西さんの気持ちはわかるな。僕はインド風カレーばかり作って食べていると、なぜか、ふとエスビーのカレーが食べたくなる。

泉　日本のカレーが一番うまいということですか。
安西　座談会の結論が出ちゃいましたね。
中野　まだ始まって五分ですよ（笑）。

子供か大人か

泉　僕が最初に家で食べていたのはベルカレールウという即席カレーだったんですが、お二人は覚えてませんか。
中野　ベルカレーってありましたね。
泉　（鞄からコピー紙を取り出しながら）残念ながらベルカレーではないんですが、これは昭和三十四年の新聞に載っていたモナカカレーの広告です。
安西　（新聞の記事を指して）ここに写っているのは徳之島出身の先代の朝汐

だね。

中野　あの頃ですか。

安西「モナカの皮に包まれたおいしいカレー……」ってなんか変じゃない。

中野　僕はモナカカレーを使ったことがあるんです。モナカの内側に固形のカレーが入っていて、外側の皮はカレーのトロミになる。

安西　モナカカレーって固形なんですか。有名なオリエンタルカレーの方は粉末でしたよね。

中野　近所にオリエンタルカレーの宣伝カーが回ってきませんでしたか。

泉　スピーカーで「今日もよい子の街にやってきた」とかいいながら、子供たちに風船を配るやつでしょう。当時、友達の間では有名だったんですけど、その宣伝カーがいつまでたってもうちのそばには来ないんですよ。「いったいどこにいるんだよ……」って、小さな胸を傷めてました（笑）。

中野　僕は宣伝カーの後ろについていって、あの風船をもらったんですよ。

泉　うらやましいな。中野さんは東京ですか？
中野　新潟なんです。主として地方をまわっていたのかもしれない。
安西　カレーの宣伝カーに子供たちがそろぞろついていく光景は、怪しげな宗教団体みたいで、ちょっと怖いな。
泉　町中の子供たちが笛を吹く男にさらわれる話もありましたね。
中野　子供は知らず知らずのうちにカレーに夢中になる。僕たちはまんまと罠にはまってしまったわけだ（笑）。
安西　やっぱり子供にとってカレーの味はショッキングだし、それまでの日本の料理にはなかった強烈な印象があったからでしょう。
泉　味もそうなんですが、テレビの食品ＣＭの中で、カレーのものがいちばんおいしそうじゃありませんでしたか。一度見ちゃうと食べたくて、食べたくて、しょうがなかったですね。親に何回ねだったことか。
安西　僕なんかカレーがすごく好きだから、逆にカレーのＣＭに対して「騙されないぞ」って、非常に冷静ですね。僕だけにはその効果がなかったかもしれない（笑）。でも、カレーがこれだけ日本中にひろがった背景に、テレビのCMがあることは間違いないね。

中野　「インド人もびっくり」というCMを覚えていますよ。ターバンを巻いたインド人が出てくる。いまだったら人種差別かもしれないね。

泉　「インド人もびっくり」は確か明治キンケイだったかな。メイジキンケイカレー〜。メイジキンケイカレー〜ですよね。『0戦はやと』っていうテレビ番組のスポンサーが明治キンケイカレーだったんです。キンケイカレーを一度も食べたことがないのに、『0戦はやと』を毎週見てたから、そのCMの印象だけはあるんですよ。

中野　当時のカレーは必ずといっていいほど、子供番組のスポンサーをやってましたからね。

泉　そうですね。『少年ジェット』のスポンサーはエスビーだったから、主人公は食堂でやたらにカレーを食べるんです。

中野　すごい記憶力。

泉　『テレビ探偵団』出身です（笑）。

安西　やっぱりカレーは子供の食べ物だったんですかね。

泉　バーモントカレーなんかは、その代表ですよ。当時アイドルの西城秀樹が、「リンゴとハチミツ、トロ～リとけてる」と歌ってたわけですから、子供たちはたまらなかったでしょうね。

安西　僕は「リンゴとハチミツ」を最初に聞いたとき、すごくまずそうな感じがしました。

中野　僕も抵抗があった。そんなもの入れるなって。

安西　子供向けのカレーは妙に甘そうで、どうしても敬遠しちゃうな。

中野　千葉真一のジャワカレーはうまそうでしょう。ＣＭには子供が一切登場しないし、あれには大人の辛さがありますよ。

泉　野際陽子の作ったカレーを、いかにも辛そうに食べてましたね。

安西　だんだんと酒の味を覚えるみたいに、カレーの味も大人になっていくんだね。

泉　CMといえば、最近は即席カレーのCMがめっきり減って、レトルトカレーが台頭してますね。

安西　一人暮らしの人が増えたからでしょう。カレーはどうしても大量に作ってしまいますからね。

中野　個人主義の時代だから、同じ食卓でも、私は「ボンカレー」、あなたは「ククレカレー」、子供は「カレーの王子様」(笑)。

泉　キャンディーズが出演していたククレカレーのCMが好きだったな。

中野　それは記憶にないですね。

泉　ラン、スー、ミキが、可愛い声で「おせちもいいけどカレーもね」って言うCMです。要するに正月にカレーを食べさせるキャンペーンの最初です。

安西　あったね。
泉　あの頃はボンカレーがレトルトカレーの市場を独占していたから、ハウスは正月のお節料理に飽きたところに食い込もうとして、ククレカレーのCMを正月に集中的に打ってましたよ。
中野　僕はやっぱり松山容子ですね。
安西　あのボンカレーって松山容子が考えたんでしょう？
泉　うそでしょう。
安西　いや、そうらしいんです。
中野　だったら松山容子は特許で大儲け？　それであの人は早々と『琴姫七変化』やめたんだな（笑）。
泉　松山容子がボンカレーを作ったという話は単なる噂みたいですよ。実際に作ったのは大塚食品の社員で、ＮＡＳＡの宇宙食の技術からヒントを得たって聞いたことがあります。

安西　そういえば、レトルトパックと宇宙食って似てるよね。

中野　宇宙食と、我らが食べているレトルトカレーが兄弟だったとしたら、なんかロマンチックですね。

謎のカレー事件

中野　シービーカレーってご存じですか。

泉　もしかして、エスビーの贋物かなんか？

中野　エスビーより先に、日本の高級レストランで広がった最初のカレーがシービーなんです。クロス・アンド・ブラックウェルっていう会社。C＆Bです。

泉　もしかしたら、エスビーがそれを真似したとか。

中野　エスビーとシービーのロゴタイプはよく似てますから、そうなのかもしれませんね。シービーの方はイギリスから送られてきた白い缶のカレーだったんですが、これが昭和初期の頃に、高級洋風料理として日本中に広まるわけです。ところがいつのまにか、日本国内でシービーカレーの売り上げが下がっていく。何かあるんじゃないかと警察が捜査を始めたら、使い終わったシービーの缶を集めてインチキカレーを入れ、それを売っていた偽造団がいたわけです。その発覚までに五年かかるんですが、事件からしばらくすると、日本の即席カレーが爆発的に売れ始める。それでシービーは日本での販売を縮小していくんですよ。インチキが勝っちゃったんですね。

泉　悪カレーは良カレーを駆逐する（笑）。

中野　まさにそう。当時の新聞に面白い記事が出てたんです。通産省のような役所だったと思うんですけど、事件と同じ時期に国産品を使いましょうっていうキャンペーンを張っているんです。ひょっとしたら、警視庁が意図的に偽造団を五年間も告発しなかったんではないかという気がするんですよ。

安西　初耳ですね。

中野　ちょうどシービーが撤退していくころに出てきたのが火の鳥カレーだったかな。

安西　サンバードです。

中野　そのサンバードってありました。

泉　そのサンバードの頭文字だけを取ってS&Bなわけです。

中野　そうでしたか。

中野　僕はかなり調べたんですが、その偽造団の正体は全然わかりませんでした。犯罪者といえども、彼らは日本カレー界の功労者だと思っていますよ。

泉　シービーの後はエスビーが独占だったんですか。

中野　カレー戦国時代ですよ。あとで見事台頭したのがエスビーです。

安西　その偽造団、どうしてつかまっちゃったんですか。

中野　よせばいいのに、ジョニーウォーカーも同じようにやっちゃったんです。捨てられていたジョニーウォーカーの空壜を集めてきて、インチキウィスキーを詰めたんですよね。

泉　いいとこに目をつけたんですね。

中野　カレーを見破る人はいなかったんですけど、ジョニーウォーカーはそうはいかなかった。同じ手を二度使っちゃいけないな。

安西　カレーだけでやめればよかったのに。

泉　ああ、残念。残念ってことはないか（笑）。

どこで食べますか

泉　僕は地下鉄に乗ってると、突然スタンドカレーみたいなものが食べたくなるんです。東銀座のマガジンハウスの路地の入口のところにはよく行きますよ。

中野　そこ、僕もよく行きました。

安西　僕は新橋駅前のスタンドカレーが好きですね。あそこは凮月堂《ふうげつ》がやっているらしいんです。

中野　それぞれテリトリーがある（笑）。

安西　紀伊國屋書店の地下にある「モンスナック」っていう店のカレーも結構いけるんです。

泉　帰りに食べていきましょうか（笑）。

安西　でもスタンドカレーで食べる場合、ルウがちょっと少ないと思いませんか。

中野　そうなんですよ。ご飯にカレーをかける時、おたまでカレーをすくいますよね。あれが一回だけということに腹が立つんです。たった一回じゃたりない。

泉　そうですよね。

安西　僕は、カレーがたりなくてご飯を残しちゃうから、もう半分ぐらい欲しいな。

中野　まったくそうなんですね。お互いにみじめじゃないかと言いたいな。あなたもつらいだろうけど私もつらい（笑）。

泉　やっぱりマクドナルドのマニュアルみたいに、経営者からその量を決められているんでしょうね。

中野　屋台で飲むと、表面張力いっぱいに酒をついでくれるじゃないですか。もっと威勢のいいところだと、表面張力を破って受け皿にこぼしてくれる。

安西　その気持ちだけでいいのにね。

中野　カレーはこぼされても困りますけど（笑）。

泉　僕は異端なのかもしれませんが、渋谷の「いんでいら」というとこのカレーがすごい好きだなあ。ある日突然食べたくなる。

安西　僕も時々行きます。

泉　こげ茶色のハヤシライス的なカレーです。昔は全線座の隣の二階にあって、高校生の時に「イージー・ライダー」とかをはじめて見た帰りに寄って、こんな色のカレーがあるんだって感動したんですよ。

安西　僕はいつもあそこではポークカレーしか食べてないですね。ちょっと変わった味ですね。ドミグラスソースが入ってるかもしれない。

中野　まるでハヤシライスを混ぜてるみたいだ。僕は食べたくない。

安西　僕が薦めるカレー屋は、神保町にある「タカオカ」っていう店です。昔は洋服のメーカーと同じ「VAN」という店名だったんですが、主人が亡くなって、いつの間にか「タカオカ」になってましたね。あそこは四百幾らとか、値段が安いんですよ。そしてサラダ、とくにキャベツサラダがおいしいんです。でも、たちまち売り切れだから、二時に行ったらもう駄目。

中野　いまどきそんなに安いんですか。ホテルのカレーなんか、まずくても千円以上しますよ。

泉　じゃあ、僕も街のカレー屋を紹介しますね。目白に「高砂屋」っていう甘いもの屋みたいな店がありまして、そこではあんみつ、焼きそば、餅、そしてカレーが置いてあるんです。昔のカレーって粉っぽかったですよね。あれが食べられるんです。

安西　カレーを食べたあとに、デザートがあんみつだったりしてね。食い合わせが悪そうだ(笑)。自宅カレー派の中野さんもお薦めの店ってありませんか。

中野　実は軽井沢へ行く途中に、秘密の店があるんですよ。関越を高崎インターで降りて、十八号に向かって角を曲がると、そこにどこかのディスコみたいな「マハラジャ」だったか「タジマハール」だったか、とにかくそれらしい名前で、ファミリー・レストラン風の店があるんです。偶然そこに入ったら、えっ? と驚くほどうまいんですよ。

安西　珍しいな。そういうところでカレー屋なんて。

泉　結構、街道沿いはいい店があるんですよ。もう『Hanako』で紹介されてたりして。

中野　お腹いっぱい食べて千五百円ぐらい。盲点ですね。

安西　『Hanako』の読者はカレー屋になんて行くのかなあ。若い女の子ってあんまりカレー屋に行かないでしょう。「モンスナック」の客もほとんど男。「タカオカ」だって、女の子はいないですよ。

中野　会社の食堂でも、カレーの日には、女の子はカッコつけて外に食べに行くそうですよ。

泉　あれ、やっぱりカッコつけてるんですか。

中野　本当は食べたいくせにカッコつけてるんだと、僕は思いますよ。

泉　やっぱり、カレーはカッコ悪いものなんですかね。

安西　おばさんぐらいの人はたまに見かけるけど、例えば若いＯＬとか、女子大生なんかあんまりカレー屋に行かないでしょう。カレー屋じゃ女の子は口説けない（笑）。それなのに、神宮前の「GHEE《ギー》」っていうカレー屋では若い女の子がいっぱいいる。僕は一週間に一回ぐらい必ずそこに行くんだけど、カレーも美味しいんだよ。

泉　「GHEE」っていうのは、松田ケイジが働いていた店でしょう。女の子はみんな並んで食べに来ていますね。女の子で思い出しましたが、安西さんに今日お聞きしたいことがあったんです。風吹ジュンさんを「ボルツ」でいじめたという話なんですけど。

安西　ええっ、どうして知ってるんですか、そんな話。糸井重里さんが実際より面白くしてしまった話ですよ（笑）。偶然彼女と一緒にカレーを食べる機会がありまして、「ボルツ」に入ったんですよ。「ボルツ」ではカレーの辛さで何倍、何倍と分けられているでしょう。彼女に何倍がいいんですか、と聞かれたんで、僕はそんなに辛くないから五倍ぐらいがいいでしょうと答えたんですよ。でも、五倍というのはとんでもない辛さなんです。

泉　辛いこと知ってたんですか？

安西　もちろん知ってました。僕の限界が三倍ですから（笑）。

許せない

中野　僕はカレーを作るとき、インド風と日本風、両方作るんです。インド風のときはじゃがいもは入れないで、玉葱、人参のみ煮込みます。イカとかカニを加えてもいいですね。

安西　おいしそうだな。

中野　お手本とするのは、高級インド料理の店じゃなくて、シンガポールのインド人街の墓のまた裏にありそうな汚い店なんです。

泉　じゃがいもを入れる日本風カレーはどうですか。翌朝のカレーみたいに、じゃがいもを形がなくなるぐらいに煮込むとおいしい、とか言いますよね。

安西　どうなんですかね。僕はうちで作ったカレーは時間をおかずに、すぐに食べるのがいちばんおいしいような気がするな。

中野　僕は違いますね。とにかく時間をかける。コトコト、コトコト、長時間カレーを煮込むんです。要するにじゃがいもの角が見えるようなやつはまだ駄目なんですね。

安西　僕はじゃがいものふっとしたのがなくなっちゃうのがいやなんですよ。

中野　じゃがいもの「ふっ」なんていうのがあったら、カレーじゃありませんよ（笑）。やっぱり煮くずれたようなやつが好きだなあ。三日目ぐらいのカレーなんか最高にうまい感じですね。

泉　じゃがいもってすぐに煮えすぎちゃうでしょう。

中野　うちのじゃがいもは、二段階に鍋に入れるんです、最初は煮くずれさせるために小さく切ったものを入れる。次は、鍋に何も入ってないような感じだとちょっと寂しいから、ちょっと大き目のやつをまた入れる。

泉　手がかかってますね。

中野　カレーそのものだけじゃなくて、飯にも気をつかわなきゃ。

泉　やっぱり日本のコメがいい。ひとめぼれとか（笑）。

安西　ご飯はおいしくないとね。

中野　趣味の問題かもしれませんが、インド風カレーを食べる際は、長細いポロポロのご飯じゃないと困りますね。

安西　固めの？

中野　固めですね。でもなかなか外米は手に入らないから困ってるんですよ。

泉　コメの輸入自由化問題がありますが、外米が手に入りやすくなる点では、中野さんは自由化賛成派だな（笑）。日本のコメしかないときはどうするんです？

中野　普通の米をといで、水をよく切り、バターで炒めるんです。黄色く透き通るぐらいになってから、炊飯器で水を少なめに炊く。そうするとかなりポロポロになりますよ。レーズンを加えてもいいですね。

安西　インド風って、そのご飯を手で食べるんでしょう。

中野　それが結構うまいんてす。

泉　僕もマレーシアに行った時、チャーターした車の運転手がインド人で、何も言ってないのにいつもインド料理店に連れていかれちゃうんです。そこではじめて手で食べるというのを経験したんです。

中野　指のささくれにしみて、ひりひりするでしょう。

泉　そう、ひりひり（笑）。僕は右ききだからいいんですけど、インド人街で手で食べる時、サウスポーの人はどうするんでしょうね。

中野　カレーにはカニが入ってたりするから、僕は平気で両手で食べますね。現地の人はもの珍しそうに見てますけど。

安西　でも侮辱ととられそうだね。握手も左手ではダメなんだから、まして食べる手が左だったら完全に嫌がるんじゃないですか。

中野　宗教的な違いも認めてもらいたいですね。

泉　食器として葉っぱを使いますよね。中野さんはどうしてます？

中野　普段は大きな皿で代用しているんですが、所沢に住んでいる友人がゴムの木とバナナの木の処分に困っているということなんで、今度もらいに行こうと思ってるんです。

泉　葉っぱは「東急ハンズ」や「ロフト」あたりで売っててもおかしくないね。もう売っているかもしれない。

安西　ビニール製だったりする。お寿司についていそうな（笑）。

中野　おいしいカレーと、バナナの葉と、温かいポロポロご飯が揃ったら最高。

泉　冷やご飯にカレーってこともあるでしょう。

中野　やっぱり、温かくなくちゃ。

安西　僕はカレーそのものが温かければ、冷やご飯でも大丈夫ですね。

泉　冷やご飯でカレーが熱いというのも結構好きだなあ。

中野　熱いカレーをまんべんなくかけて。

安西　そうですね。冷たいご飯だと、かえってパサパサしていい感じになるかも。

中野　おにぎりを除いては、どうも冷やご飯って僕は駄目ですねえ。

安西　僕も基本的には冷たいご飯が駄目な人間なんだけど、カレーの時だけは、まあ我慢するっていう感じかな。とにかくカレーが食べたいから我慢する。

中野　熱が伝わるのを待つんでしょ。

泉　風呂の湯の上は温かいが、下はまだ水、みたいな感じですね。

中野　人によって、いろいろと食べ方が違うんですね。僕はしないんですけど、カレーにウスターソースとか醬油をかける人もいますよね。

安西　僕も醬油をかけたことはありますよ。昔のカレー粉で作ったカレーには醬油が合うんです。さぁーっと渦巻き状にかけて食べてました。

中野　おそば屋のカレーみたいな味かな。

安西　どうでしょうね。表参道の「増田屋」のカレーにはソースがちゃんと付いてきますよ。キラー通りの「増田屋」は付いてきませんけど。

中野　実はですね、即席カレーを作るときに、味噌を入れたら意外と合いましてね。
安西　味噌はいいかもしれない。
中野　結城貢さんという料理のプロが雑誌に、味噌を入れるといい、なんて書いていたんで、すぐに試したんです。
安西　さっきの「タカオカ」というカレー屋もちょっと味噌が入ってるんじゃないかと思うんですが、中野さんはどんな味噌を入れました？
中野　きめの細かい赤味噌です。
泉　秋元康さんの作ったカレーを食べさせていただいた時にも、かくし味で味噌を入れてましたね。
安西「それがミソ」なんて冗談は言わないで下さい（笑）。
中野　さらに僕はカレーのかけ方にもこだわりたいんです。小学校の夏休みの自由研究で、カレー屋さんの比較地図を作ったんです。近所のカレー屋を一軒一軒回って、皿全面積に対する、カレーのかかった部分の面積の割合を調査したんです。やっぱり見た目が一番おいしそうなのは、全体の面積が五で、カレーのかかっているところが三。

泉　黄金分割みたいですね。

中野　まさに黄金分割なんです。カレーのかけ方も非常に微妙です。

泉　福神漬の面積はどのくらいでしょう（笑）。ちなみにみなさんは福神漬をいっぱいかけますか。

安西　僕はたっぷりかけますね。ないと寂しいくらいですよ。

中野　福神漬なんて、もっての外ですよ。大阪じゃ、生卵もかけるんでしょう。

安西　京都では、生卵をかけたカレーを食べたことがあります。

泉　母が西宮だったから、うちはカレーのまん中に凹みを作って生卵をかけていました。

中野　カレーに福神漬と生卵は合わないと思いますけどね。

安西　僕は福神漬と生卵を一緒にされるとすごくこまるんです（笑）。

泉　カレーの傍系食品というか、カレーうどんとか、カレーパンとかは、安西さんのカレー対するポリシーに反しませんか。中華料理屋でもカレー味のものがあるでしょう。

安西　僕はカレーうどんもカレーパンもカレーサンドみたいなのも全部駄目だね。そのくせカレーライスだけは大好き。

中野　僕はカレーパンは許せるんですよ。許せるどころか、大好きなんですけどね。パン屋に行って買うとしたらカレーパンしかない。ただカレーうどんとかの麺類はやだな。

泉　やっぱり醬油系の味と合わないんですか。

中野　スプーンもないのにどうやって食えと言うんだって言いたくなるんです。

安西　つゆなしで、うどんにカレーだけかけて食べればどうです。

中野　カレースパゲティの発想。フォークで食べさせてくれればいいかもしれないですね。

安西　スパゲティよりはうどんのほうがカレーに合うんじゃないかと思いますよ。

泉　カレーそばは僕もいやですね。

中野　でもカレーそばを食べる人は多いですよ。

安西　そばだったら、僕はうどんのほうがいいと思う。ただしつゆなしで。

中野　カレー丼も駄目でしょう。

安西　もちろん駄目。昔、芝居か何か見にいって、食事をはやくとる必要性に迫られて、カレー丼っていうものに手を出しちゃったら、これがとにかくまずい。

泉　よくそば屋にありますよね。

安西　全体的にカレーが少ないんですよ。みじめに下のご飯が残っちゃうという感じです。

泉　カレーをぞんざいに扱っている感じがしますね。

中野　きちんとやればきちんとした料理になるのに。

安西　カレーを甘く見るな（笑）。

泉　突然変な話で申し訳ないんですが、日本のカレーレストランで、ひところ、コップの水にスプーンを浸けるというのがありましたね。あれはどこから始まったんですか。

安西　ご飯がねばつかないためにするんだととなえている人がいました。昔、椎名誠さんも、あれはなんなんだっていうことを言ってたけど。

泉　中学の時に、先輩に注意されたことがあったんですよ。サッカー部に入ってたんですが、二子玉川のほうで試合があって、帰りに「玉川高島屋」のレストランでカレーを食べ始めた。すると先輩が、「おめえ、カレーはスプーンに水つけなくちゃ駄目だよ」って（笑）。

カレーのうまい街

安西　不思議なのは、カレーが嫌いだっていう人が時々いるんですよ。例えば、そばのほうが絶対うまいから、おれはカレーなんか食わないとかね。

中野　そういう人とは絶交ですね。

安西　そういう人はクリエイティブな才能はあまりないけど、結構、事務能力があったりするんですよ（笑）。

泉　刺激物が駄目なんですかね。

安西　刺激物だけじゃなくて、丼物みたいなのが苦手な人っているでしょう。

泉　でも本当は、ボンカレーか何かを家で食べてたりして。

安西　生卵を上にのせて（笑）。

中野　僕はいままでにドイツ人、オーストラリア人、ニュージーランド人にカレーを紹介してきたけど、否定されたことはただの一度もなかったですよ。なんか同胞の中にカレー嫌いがいるというのは不愉快ですね。

安西　もしかしたら京都にはそういう人がいっぱいいるかもしれないな。

中野　京都に怨みでもあるんですか。

安西　京都は大好きですが、京都の人ってあんまりカレー好きじゃないような気がするんですよ。

泉　日本の地方で、カレーがうまそうな街ってありますか。

安西　僕は弘前なんて結構うまそうな感じがします。

中野　かえって寒いほうがいいかもしれませんね。札幌はうまいですね。

安西　寒くないけど、沖縄なんかもちょっとカレーっぽいですよね。

中野　カレーを沖縄で、それも庭先で食ったら、うまいだろうな。

安西　すごくうまいですよ。

中野　バナナの葉とか、シーフードとか、全部揃ってますよね。
安西　小樽みたいな港町もおいしそうでしょう。
中野　ここもシーフードたっぷりのカレーが出そうですね。
泉　高原はどうです？　僕は長野なんかはカレーがうまいんじゃないかとか思うことがあるんです。
中野　それ、スキー場のイメージとダブッてませんか？
泉　そうかもしれない。
安西　でも確かに山小屋みたいなところでカレーを食べると、これが結構いけるんだよね。
中野　あれは煮込んだうまさでしょう。いつなんどき客がどっと来るかわからないっていうんで、何日も鍋で煮込んではルウを足していくんですよ。
安西　カレーは、寒いとか、暑いとか、どちらかといえば住みにくい場所がおいしいんですね。

泉　逆にカレーの似合わない県っていうのはどこですかね。さっき京都っていうのがありましたが。

中野　たとえば金沢……。とにかく和風料理とは相容れないところがあるような気がする。

安西　その土地にきちっとした料理がある県というのは、やっぱりカレーは駄目なんじゃないですか。

中野　ある種、邪道と見なすところがあるでしょう。

安西　城下町もおいしくなさそうですね。

泉　姫路とか、松本とかですね。

やっぱりカレー

泉　今までで一番おいしかったカレーはいつどこで食べたカレーですか？

安西　僕はね、ニューヨークに行って、最初一人で住んでいたんですよ。その時、「ニューヨーク高島屋」で電気炊飯器を買ったんです。はじめてご飯を炊いて、今日食べるという時、「日本食品田中屋」というところでカレーの缶詰を買ってきて、ご飯にかけた。そうしたらドアのチャイムがピンポンって鳴って、どなたですかってきいたら、電通の人だったんです。僕は思わずカレーを押入れに隠しましたね（笑）。彼はたまたま遊びに来ただけなんだけど、もしかするとカレーを盗《と》られちゃうんじゃないかと思ったんですね。あとでそれを一人で食べた時、歯にカレーの味がキューッと染み込んできてね、本当においいしいと思いましたね。それまでハンバーガーとかそんなものばっかりで、久々の日本のご飯でしょう。しかも缶詰とはいいながら、やっぱりカレーライスですよ。いまでもあれを思うと、とっさに隠した意味がわかるような気がするんです。

泉　ヘタしたら、刃傷沙汰になってたかもしれない（笑）。中野さんは？

中野　僕は学生時代、ずっと岩登りをやってたんですが、山にいるときふっと頭に浮かんでくるのがやっぱりカレーなんです。谷川岳から下山する時に、さる小屋に用もないのに一泊して、そこの親父のカレーを食べるのが楽しみだった。これは全然カレーらしくないカレーで、肉もほとんどなく、水っぽくてピチャピチャなんですね。盛りつけの最後に、味付け海苔を一枚ピュッとのっけてくれる。

安西　そのカレーに特別な魅力でもあるんですか？

中野　全然そういうものはなし。でもそれまで山で食べていたのがアルファ米とか、乾燥食品ばっかりでしょう。親父のつくるカレーがその時は実にうまいんです。カレーであれば何でもよくなる。

安西 それが禁断症状です（笑）。泉さんはマレーシアのカレーかなんかですか。

泉 僕は普通のエスビーゴールデンカレーなんですよ。最初にゴールデンカレーが出た時は確か小学校六年生の夏休みの終わりごろだったんですけど、その時に僕は香港風邪らしいのにかかってしまって。

中野 香港ウィルスというのがありましたね。

泉 実際は香港風邪じゃなかったはずなんですけど、風邪がお腹にきて、ひどい目にあったんです。しばらくおかゆばっかり食べていた頃に、ゴールデンカレーのCMがテレビでやたらに放映されてて、僕はあれが食いたい、あれが食いたいと切実に思ったんです。確かその時はソ連軍の戦車がチェコのプラハに入った、六八年の夏でしたね。

中野「春」が破れた夏ですね。

泉　まさにその時。治りかけの時にはじめてゴールデンカレーを食べることができて、その味は忘れられない。

中野　病み上がりの特権で何でも要求できるという時に、お腹に「春」がやってきた。

泉　そう、そう。

安西　うーん。みんな苦労と結びついてるんですね。

中野　最後はカレーで終われるんです。

安西　僕は最後の晩餐が一応カレーライスとひと切れの西瓜《すいか》と冷たい水って決めているんですよ。

泉　おっ！

中野　質素ながらも華麗《カレー》なる晩餐（笑）。

（了）

○カレーライスは偉大である　『小説新潮』一九九二年三月号　新潮社

中野不二男（なかの・ふじお）
一九五〇年、新潟生まれ。ノンフィクション作家。『カウラの突撃ラッパ』で日本ノンフィクション賞、『レーザー・メス　神の指先』で大宅壮一ノンフィクション賞を受賞。そのほかの著作に『アボリジニーの国』『子供を理科好きに育てる本』など。

本書はカレーにまつわるエッセイを選んで
編集した中公文庫オリジナルです。

中公文庫

カレー記念日《きねんび》

2024年12月25日　初版発行

編　者　中央公論新社《ちゅうおうこうろんしんしゃ》

発行者　安 部 順 一

発行所　中央公論新社
〒100-8152　東京都千代田区大手町1-7-1
電話　販売 03-5299-1730　編集 03-5299-1890
URL https://www.chuko.co.jp/

DTP　平面惑星
印　刷　三晃印刷
製　本　小泉製本

©2024 Chuokoron-shinsha
Published by CHUOKORON-SHINSHA, INC.
Printed in Japan　ISBN978-4-12-207592-4 C1195

定価はカバーに表示してあります。落丁本・乱丁本はお手数ですが小社販売部宛お送り下さい。送料小社負担にてお取り替えいたします。

●本書の無断複製(コピー)は著作権法上での例外を除き禁じられています。また、代行業者等に依頼してスキャンやデジタル化を行うことは、たとえ個人や家庭内の利用を目的とする場合でも著作権法違反です。

中公文庫既刊より

各書目の下段の数字はISBNコードです。978－4－12が省略してあります。

ち-8-14
世界カフェ紀行 5分で巡る 50の想い出
中央公論新社編
珈琲、紅茶、ぽかぽかココアにご褒美ビール。世界中どこでも、カフェには誰かの特別な想い出がある――。各界著名人による珠玉のカフェ・エッセイ全50篇。
207324-1

ち-8-19
午後三時にビールを 酒場作品集
中央公論新社編
酒友との語らい、行きつけの店、思い出の味……。銀座、浅草の老舗から新宿ゴールデン街、各地の名店まで酒場を舞台にしたエッセイ&短篇アンソロジー。
207380-7

あ-59-4
一路（上）
浅田次郎
父の死により江戸から国元に帰参した小野寺一路は、参勤道中御供頭のお役目を仰せつかる。家伝の行軍録を唯一の手がかりに、いざ江戸見参の道中へ！
206100-2

あ-59-5
一路（下）
浅田次郎
蒔坂左京大夫一行の前に、中山道の難所、御家乗っ取りの企てなど難題が降りかかる。果たして、行列は期日通りに江戸へ到着できるのか――。〈解説〉檀　ふみ
206101-9

あ-59-6
浅田次郎と歩く中山道 『一路』の舞台をたずねて
浅田次郎
中山道の古き良き街道風景や旅籠の情緒、豊かな食文化などを時代小説『一路』の世界とともに紹介します。いざ、浅田次郎を唸らせた中山道の旅へ！
206138-5

あ-59-7
新装版　お腹召しませ
浅田次郎
幕末期、変革の波に翻弄される武士の悲哀を描く傑作時代短編集。書き下ろしエッセイを特別収録。司馬遼太郎賞・中央公論文芸賞受賞作。〈解説〉橋本五郎
206916-9

あ-59-8
新装版　五郎治殿御始末
浅田次郎
武士という職業が消えた明治維新期、行き場を失った老武士が下した、己の身の始末とは。表題作ほか全六篇に書き下ろしエッセイを収録。〈解説〉磯田道史
207054-7

あ-59-9
流人道中記（上）
浅田次郎

「痛えからいやだ」と切腹を拒み、蝦夷へ流罪となった旗本・青山玄蕃。ろくでなしであるはずのこの男には、弱き者を決して見捨てぬ心意気があった。

207315-9

あ-59-10
流人道中記（下）
浅田次郎

奥州街道を北へと歩む流人・玄蕃と押送人・乙次郎。旅路の果てで語られる玄蕃の罪の真実。武士の鑑である男はなぜ、恥を晒してまで生きたのか？〈解説〉杏

207316-6

あ-69-1
追悼の達人
嵐山光三郎

情死した有島武郎に送られた追悼は？　三島由紀夫の死に同時代の知識人はどう反応したか。作家49人に寄せられた追悼を手がかりに彼らの人生を照射する。

205432-5

あ-69-3
桃仙人　小説 深沢七郎
嵐山光三郎

「深沢さんはアクマのようにすてきな人でした」。斬り捨てられる恐怖と背中合わせの、甘美でひりひりした関係を通して、稀有な作家の素顔を描く。

205747-0

あ-95-1
嵐山光三郎セレクション　安西水丸短篇集　左上の海
安西水丸

夢と現実の交錯と突然の別れを描く表題作のほか、イラストレーターならではのまなざしで切り取った愛の風景を綴る十二篇を収録する。〈解説〉嵐山光三郎

207073-8

わ-25-3
青豆とうふ
和田誠
安西水丸

一つの時代を築いた二人のイラストレーターが、互いの文章と絵をしりとりのようにつないで紡いだエッセイ集。カラー画も満載！〈文庫版のあとがき〉村上春樹

207062-2

さ-87-1
百年の女　『婦人公論』が見た大正、昭和、平成
酒井順子

「婦人と言えども人である」と言われた創刊時から一世紀。女の上半身と下半身を見つめ続けた一四〇〇冊余を繙いた異色の近現代史！〈解説〉中島京子

207377-7

つ-33-1
青空と逃げる
辻村深月

大丈夫、あなたを絶対悲しませたりしない——。突然、日常を奪われてしまった母と息子。壊れてしまった家族がたどりつく場所は……。〈解説〉早見和真

207089-9

各書目の下段の数字はISBNコードです。978－4－12が省略してあります。

な-64-1
花桃実桃
中島京子
会社員からアパート管理人に転身した茜。昭和の香り漂う「花桃館」の住人は揃いも揃ってへんてこで……。40代シングル女子の転機をユーモラスに描く長編小説。
205973-3

な-64-2
彼女に関する十二章
中島京子
五十歳になっても、人生はいちいち、驚くことばっかり――パート勤務の宇藤聖子に思わぬ出会いが次々と。ミドルエイジを元気にする上質の長編小説。
206714-1

な-64-3
やさしい猫
中島京子
小さな家族を見舞った大事件。幸せが奪われたのは、彼がスリランカ出身の外国人だったから。温かな語りで描く圧巻のドラマ。吉川英治文学賞ほか受賞続々の話題作。
207539-9

ひ-26-1
買物71番勝負
平松洋子
この買物、はたしてアタリかハズレか。一つ一つの買物は一期一会の真剣勝負だ。キャミソールから浄水ポットまで、買物名人のバッグの中身は？〈解説〉有吉玉青
204839-3

ひ-28-1
千年ごはん
東直子
山手線の中でクリームパンに思いを馳せ、徳島ではすだちを大人買い。今日の糧に短歌を添えて、日常を鋭い感性で切り取る食物エッセイ。〈解説〉高山なおみ
205541-4

ひ-28-3
愛のうた
東直子
謎だから知りたい。分かりたい。人の心があたため続けている「愛」を――。古今の短歌三〇〇首が、名手の読みときで鮮やかに輝く。〈巻末対談〉西加奈子
206815-5

む-11-4
極上の流転　堀文子への旅
村松友視
九五歳を超えてなお、新作を描き続ける画家、堀文子。その毅然とした生き方と、独特のユーモアに魅了された著者が描く渾身の評伝。巻末に堀文子との対談を付す。
206187-3

む-11-5
金沢の不思議
村松友視
歴史と文化、伝統と変容が溶け合う町、金沢。この街に惚れ込み、三十年に亘り通い続けてきた著者が、ガイドブックでは知り得ない魅力を綴る。
206304-4